Meinen treuen Lesern

mit herzlichen Grüßen

und allen guten Wünschen!

Ihr

[illegible]

1978

Fritz Muliar

Die Reise nach Tripstrill und zurück

Mit einem Nachwort
von
György Sebestyen

AZ-Sonderausgabe im
Mundus-Verlag

Umschlag und Einband: Rudolf Angerer
Fotosatz: Bergler
Druck und Bindung: Wiener Verlag
Printed in Austria
ISBN 3-85190-102-9

CIP-Kurztitelaufnahme der Deutschen Bibliothek
Muliar, Fritz
[Sammlung]
Die Reise nach Tripstrill und zurück
Fritz Muliar. Wien: Mundus-Verlag, 1978.
ISBN 3-85190-102-9

FÜR DICH
in Dankbarkeit für all die Freude

Charmante Leserin! Lieber Leser!

Es sieht nur so aus!

„?“

Wirklich.

„?“

Was Sie da in der Hand haben, sieht nur aus wie ein Buch, ist aber keins!

„?“

Nicht alles, was „zu einem Ganzen verbundene, beschriebene oder bedruckte Bogen“ (Lexikon) sind, ist auch ein Buch. Das da, das Sie da in der Hand haben, ist ganz bewußt – kein Buch!

„?“

Geduld – ich erkläre es Ihnen!

Seit ein paar Jahren schreibe ich jeden Sonntag in einer Wiener Zeitung eine Kolumne. Erzähle, was sich in den letzten sieben Tagen ereignet hat, schreibe meine Gedanken zu verschiedenen Themen auf, betrachte dieses, betrachte jenes und erzähle einen Witz!

Wie der Gebildete nun weiß, ist Papier ebenso geduldig wie vergänglich. Zeitungspapier besonders. Was für die Zeitung geschrieben ist, ist für den Tag geschrieben – zeitbezogen und daher kurzlebig. Nur genialen Schreibern gelingt es, Unvergängliches auch für den Tag zu schreiben.

Nun sagten einige meiner Freunde, daß es schade wäre, würden meine literarischen Ergüsse als Einwickelpapier verkommen.

„Mach ein Büchl draus!“ riet ein Eifriger.

„Aber da paßt ja ein Artikel nicht zum anderen, denn was zu verschiedenen Zeiten, in verschiedenen Stimmungen, zu verschiedenen Anlässen hingeschrieben ist, läßt sich nicht zu einem Ganzen verschmelzen.“

„Laßt sich nicht?“ meinte der Eiferer. „Gib das einem Profi in die Hand, der schupft das schon!“

Der Profi war eine sie: eine Meisterin der Feder, die – Gipfel der Bescheidenheit – nicht genannt werden möchte.

Ich danke der Dame für ihre Mühe, Unzusammenhängendes aneinandergefügt zu haben, an dieser Stelle mit einer graziösen Verbeugung.

„Nur eines sollst du wissen“, sagte die goldene Meisterin, als sie mir das Ergebnis ihrer Plage in die gierig geöffneten Arme legte, „ein Buch ist das nicht! Aber man kann es lesen.“

Lesen Sie also, bitte, dieses „kein Buch“ von

FRITZ MULIAR

MIR SAN MIR

Plaudern wir ein bissl? Über was? No, so quer durch unsere Zeit! Zum Beispiel über den Nationalfeiertag. Wie feiern Sie ihn?

Ich ziehe zeitig in der Früh vor meiner Behausung die Fahne auf. (Die Fahne hoch, hätte ich fast geschrieben, aber da hat mein braver Kugelschreiber gestreikt.) Dann höre ich Musik und blättere ein wenig in Zeitungen und Büchern. Und dann denk' ich nach, kläre (die mir unklar scheinenden Dinge auf) und plaudere mit ein paar Freunden. Teils von Mensch zu Mensch, teils telefonisch.

Man glaubt gar nicht, auf wie viele Arten man einen Feiertag begehen kann. Einen nationalen Feiertag noch dazu. Durch Fitmarschieren, durch Mitmarschieren (bei Demonstrationen), Fahnen hissen oder ihn so dahinfließen lassen wie einen normalen Sonn- und Feiertag.

Selbstverständlich werden Reden gehalten, Standpunkte geortet, Ausblicke fixiert. Und nebenbei auch ein paar Bekenntnisse abgelegt. Mir noch immer zuwenig. Das Bekenntnis des Herrn

Poeten H. C. Artmann, er sei ein deutscher Dichter und scheiße auf seinen österreichischen Reisepaß, war mir wiederum zuviel.

Man hat uns Österreicher einmal scherzhaft „Ein Volk von Professoren" genannt. Wir sind es leider noch nicht. Professor kommt von *professio*, und das heißt auf deutsch: Bekenntnis. Ein Professor ist also ein Bekennender, ein Bekenner! Einer, der sich zu etwas bekennt. Die Österreicher sind friedliche Leut', gemütliche Menschen in einem neutralen Staat, sagt Bruno Kreisky. Aber sie weichen gar gern dem öffentlichen Bekennen aus – sag' ich. Sich nur nicht exponieren, lieber mit dem Strom schwimmen als gegen den Wind Klavier spielen. Sich ärgern? Eine Wut haben? Gift und Galle spucken? Das ja! Aber nur im geheimen.

Zu welchem Häuflein gehören Sie?

Sehen Sie, manchmal erinnert mich unsere Republik an eine Gasse, in der wir, allseits geliebte Hundeliebhaber, unsere Lieblinge äußerln führen. Hier ein Häuflein, dort ein Häuflein ... Es gibt zum Beispiel ein Häuflein von anonymen Briefeschreibern. Schon ein einziger Brief oder gar eine offene Karte scheint das seelische Bauch-

Der Primas von Polen, Kardinal Wyszýnski, besucht Ministerpräsident Gierek und bittet ihn, eine neue Kirche in Warschau bauen zu lassen. Der Ministerpräsident bedenkt nur kurz und sagt dann schnell: „Selbstverständlich, mein lieber Kardinal. Sie können diese Kirche bauen. Wie soll sie denn heißen?“ – „Kirche zum heiligen Chrysostomus.“ – „Fein“, sagt Gierek, „aber um eine kleine Gefälligkeit darf ich Sie bitten. Bauen Sie gleich eine zweite Kirche und weihen Sie diese, um unseren Freunden im Osten unseren guten Willen zu zeigen, dem heiligen Leonid.“ Wyszýnski zieht die Stirn in Falten und sagt leise: „Sie verzeihen, Herr Ministerpräsident, aber das muß ich mit Rom besprechen.“ – „Gut“, sagt der Ministerpräsident zu seinem Kardinal, „kommen Sie morgen wieder, und wir erledigen die Sache.“ Am nächsten Tag erscheint Wyszýnski strahlend im Palais des Ministerpräsidenten, geht auf ihn zu und sagt: „Herr Ministerpräsident, die Kirche zum heiligen Leonid ist genehmigt, der Papst hat ja gesagt. Nur, der Heilige Vater bittet um Übersendung der Reliquien nach Rom.“

grimmen zu erleichtern. Dem andern hinterfotzig sagen, er sei ein gemeiner Kerl, dabei aber selber ein feiger, mieser Tropf sein: das ist die Art des „Häufleins der Anonymusse“ in unserer Republik.

Derer, die sich zu nichts bekennen wollen. Nicht einmal zum Briefeschreiben.

Das andere Häuflein sind die Ewiggestrigen. Auch manche Heutige und Morgige können Ewiggestrige sein. Ich, ich bekenne mich zur österreichischen Nation, andere neigen wieder mehr dem Begriff „deutsch" zu. Schade, daß die meisten dieser Leute nicht an das demokratische Deutschland von heute denken, sondern an jenes andere, das in „schimmernder Wehr" mit Exerziermarsch in unser Land eingedrungen ist, es für sieben Jahre ausgelöscht hat und uns sehen lehrte, wie sehr verschieden wir doch im Grunde voneinander sind.

Wilhelm II., deutscher Exkaiser, kommt zum Himmelspförtner. „Lieber Petrus", schnarrt er, „laß mir mal runter. Runter auf die Erde. Ich möchte doch gerne amal wieder'n bißchen spazierengehen da unten in den grünen deutschen Wäldern, wo ich mir heroben so langweilig fühle." Petrus füllt einen Urlaubszettel aus und sagt: „Majestät, in vierzehn Tagen bist aber wieder zurück."

Wilhelm II., in schimmernder Wehr, reist gen Germania. Ein paar Stunden später aber ist er wieder an der Himmelspforte. Völlig erschöpft zieht er am Klingelzug. Petrus schlurft herbei, läßt ihn ein. Erschöpft fällt Wilhelm II. auf einen

Sessel. „Kann ich ’ne Tasse Kaffee haben, es ist ja entsetzlich.“ – „Beruhige dich, beruhige dich, und erzähl. Was ist denn so entsetzlich auf der Erde?“ – „Mensch, Petrus“, sagt der Exkaiser, „es ist wirklich entsetzlich. Alles hat sich in den Jahren verändert. Stell dir mal vor: Ich nehme eine Zeitung in die Hand, und was geht daraus hervor? Die Welt steht kopf: Die Juden gewinnen die Kriege und die Deutschen sind gut im Geschäft.“

Aus diesem Häuflein steigt auch der unappetitliche Stoßseufzer gegen den klaren Himmel: „Unterm Hitla hätt’s des net geb’n.“ Aber ruhig Blut – vieles hat’s „damals net“ gegeben: es gab keine Demokratie, keine Pressefreiheit, keine Rede- und Versammlungsfreiheit und natürlich auch keine österreichische Nation, somit auch keinen österreichischen Nationalrat, keine österreichische Nationalmannschaft – auf die wir doch manchmal sogar stolz sind. Ich lach’ übrigens sehr, wenn ich mir vorstelle, was jener „Hitla“ sagen würde, könnte er erfahren, daß deutsche Soldaten zum Beispiel beim Bekämpfen des Terrors sich bei den Israelis die Ezzes holen.

Aber Häuflein gibt es nicht nur in unserem Gasserl. Häuflein gibt es überall.

HI (Häuflein International)

Was bei national gefärbten Kraftakten herauskommt, das sieht man fast täglich. Ich kann gut verstehen, daß Belgier, Holländer, Franzosen und Griechen das Dritte Reich haßten. Ein wenig Skepsis einige Jahre danach ist mir auch noch begreiflich. Aber heute? Mehr als dreißig Jahre hat sich die Bundesrepublik als demokratischer Staat bewährt. Und nun liegen plötzlich da und dort wieder Häuflein herum und paffen antideutschen Haß.

Jetzt einer, der in der Rheinmetropole Köln spielt. Der Tünnes und der Scheel (rheinische Witzfiguren, wie bei uns der Adabei, der Staberl, der Graf Bobby) treffen einander während des Krieges, sagen wir so im Einundvierzigerjahr, auf den Stufen des Kölner Domes. Da sagt der Tünnes zum Scheel: „Wohin rennst du denn mit deinem Radioapparat (Volksempfänger) unter dem Arm?" Darauf der Scheel lachend: „Ich geh' in den Dom und laß den Kerl mal beichten. Der redet den ganzen Tag und lügt ununterbrochen."

Am meisten überraschen mich gewisse Italiener. Man müßte glauben: Italien hätte erst selber seine eigene faschistische Vergangenheit zu bewältigen, bevor es anderen Ländern neonazistische Tendenzen vorwirft. Wie tief müssen sich unsere südlichen Nachbarn ihrer Vergangenheit und ihrer heutigen Faschisten schämen, daß sie nichts Besseres zu tun haben als deutsche Autos anzuzünden. Und wie tolerant müssen die Bürger der geschmähten Bundesrepublik sein, daß sie trotz der Wellen von Haß, die ihnen entgegenrollen, noch immer ins Land der Makkaroni reisen und mit ihrer D-Mark den Bankrott der Apeninnenhalbinsel – no, sagen wir – wenigstens bremsen. Nein, zuviel Nationalismus, der leicht in Chauvinismus ausartet, ist ein Übel! Zuwenig ein Mangel!

Was bleibt also? Unsere österreichische Lösung: ein eindeutiges, stilles, aber felsenfestes Bekenntnis. Vielleicht werden wir eines Tages wirklich zu einem Volk von Professoren.

Und auch als Professoren werden wir weiterhin im Sommer nach Bella Italia reisen. Die paar Streikerln, denen man als Reisender ausgeliefert wird, spielen ja keine Rolle. Wiens 24. und 25. Bezirk Lignano und Jesolo werden weiter gehalten. Und daß man in Abano mit Schlamm eingeschmiert wird, dann aber der Streik ausbricht und die einen einfach im Dreck liegenlassen, das tragen ihnen ja nur solche Elefantenhirne, wie ich eins hab', jahrelang nach.

Von den fremdländischen Häuflein zurück zu den eigenen. Denn man kann sich auch in der fernsten Ferne suhlen, aber nichts geht über den eigenen Schlamm.

Unlängst mußte ich als Eisenbahnfahrer gezwungenermaßen durch einen Bahnhof schlendern. Wenn man da vor dem Zeitungs- und Buchladen stehenbleibt ... Haupteingang gleich links. Zuerst glaubt man, die deutschsprachige Buchproduktion bestehe nur aus Werken, die sich mit Herrn Hitler und seiner Zeit befassen. Da leuchten einem die Eisernen– und die Ritterkreuze entgegen, von den Hakenkreuzen und Holzkreuzen ganz zu schweigen. Rommel, Dönitz und Brauchitsch. Und immer wieder das liebe Gesichterl des größten Feldherrn aller Zeiten. In allen Größen. In allen Posen.

Da fragt man sich, ob das wohl Absicht ist. Aber nein, sicher nicht. Schon eher Dummheit und Ignoranz. Und was mich am meisten erschüttert: nicht nur angeboten wird das ohne Hemmung, sondern auch gekauft und gelesen. Die Leute fressen das wie Kriminalromane. Aber vielleicht ist das so, daß man da einem inneren Zwang folgt und das Grauen sucht. So wie im

Wien, 1938. Das braune Grauen hat gerade begonnen. Zwei Männer treffen sich heimlich in der Paniglgasse. Schauen vorsichtig nach links, schauen vorsichtig nach rechts. Sagt der eine: „Ich wandere aus." Der andere: „Ich auch." Der erste: „Wohin?" Der andere: „Nach London. Und du?" Der erste antwortet nach einem scheuen Blick: „Ich gehe nach Jamaika." – „Jamaika, um Gottes willen, das ist ja so weit weg!" Der andere resignierend: „Weit weg von wo ...?"

Fernsehen. Die Ermordeten in dem Krimi, denen das Blut aus dem Mund rinnt und das Hirn austritt, die Polizisten, die vom Dach eines vierzigstöckigen Hauses getreten werden und auf der Straße zerrinnen, haben ja auch weniger Spaß an der Sache als jene Brutalgeilinge, die das fasziniert anglotzen und wohlig „klass" stöhnen.

Mundart und Zungenschlag

Andere Fälle sind dagegen vergleichsweise harmlos. Vor kurzem war der deutsche Buchmassenproduzent Herr Konsalik in Wien. Redete viel und sehr geschäftstüchtig. Denke ich mir, mußt auch was von ihm lesen. Tat es. Ein Roman. Ärztemilieu, Spitalsatmosphäre. Und – als besondere Wonne für mich – die Geschichte spielt in Wien. Das ist ja ergötzlich, wenn man als Wiener so liest, wie sich der Herr Deutsche unsere Stadt vorstellt. Da ißt der berühmte Professor zuwenig und die Haushälterin ist verzweifelt! Jetzt bleibt „der Palatschinken" stehen. – Palatschinken mit Kren oder Meerrettich? Der Spitalsdiener – echter Wiener – hat folgendes zu seufzen: „Nu woll ma mal!" Der Hausbesorger lauert in seiner Loge wie eine Pariser Concierge und dienert nach Entgegennahme von fünfzig Schilling: „Natürlich, Herr Graf!" Dann geht er über die Straße und kauft sich einen Liter Gumpoldskirchner, den er zu den Klängen eines Strauß-Walzers durch die Kehle jagt (wörtlich). Ewig Wien, wie es leibt und lebt.

Glaubhafter klingt es, wenn man zum Beispiel im heimischen Fernsehen auf der heimischen Dialektwelle reitet. Die Sackbauers mundln und gurgeln in den tiefsten Tiefen des Wiener Dialekts, die Emminger einen Halbstock höher, und sogar der Kottan ermittelt nicht auf hochdeutsch. Seine Mitarbeiter reden, wie ihnen der Schnabel gewachsen ist, und der Inspektor selber läßt die blau-weiße Färbung des Bayerischen hören. Mir gfallt das – beweist es doch, daß man dem strengen Norddeutsch der Synchronisation von Trick- und Texasfilmen etwas Gleichwertiges, uns

Also, die Österreicher, nein, sie sind schon ein schwieriges Volk. Da, hör ich, kommt der Werbemensch eines Politikers zu seinem Chef und sagt: „Also, Freunderl, so geht das nicht weiter! Du brauchst ein neues Image! Der große Zampano ist wieder im Land, und jetzt wird's ernst. Richtig ernst! Alstern, was moch ma! Wast wos – ich verkauf dich als den neuen Messias von Österreich. Aber, Freund, du mußt was dazu tun. Wunder wirken lernen oder so was. Zum Beispiel: So wie jener über den See Genezareth, so mußt du lernen, über das Wasser zu gehen."

Gesagt, getan – so wird's gemacht. Nach sechs Wochen ist man soweit. Der „Chef" hat's darlernt! Am nächsten Sonntag wird das Volk, das Fernsehen und die Presse an den Wolfgangsee geladen, und das Wunder kann bestaunt werden. Und – siehe – es gelingt! Zuerst ein zögernder Versuch – dann ein mutiger Schritt, noch einer und noch einer. Hurra, es geht! „Er" wandelt, den Blick nach oben gerichtet, der Seemitte zu. Die Leistung ist einfach perfekt.

Aber wie ist die Reaktion? Stehen da zwei Burschen am Ufer, kauen Gummi und grinsen. Sagt der eine zum anderen: „No, was sagst zu eam? Net amol schwimmen kann er!"

Näherstehendes an die Seite zu setzen imstande ist.

Nur, neu – nein, neu ist diese Welle, die jetzt an unser Ohr schwappt, beileibe nicht. Haben doch schon Gerhard Bronner, Merz und Qualtinger lange vor Wolfgang Bauer mit Theater- und Kabarettstücken die Herzen des Publikums erobert. Denken wir an die sensationellen Erfolge, die der „Gschupfte Ferdl", „Der Herr Karl" oder „Die Glock'n, die vierundzwanzig Stunden läut't" ihren Autoren gebracht haben. Das waren Zeiten! Noch klingen mir die „Travniceks" im Ohr und die „Eden".

Aber neu? Nein, neu war das damals auch nicht. Während des Kriegs brüllte ganz Wien vor Vergnügen über die „Tokioten" des Franz Paul im „Wiener Werkl", und vor 1938 ergötzte man sich in der „Literatur am Naschmarkt" schon über Rudolf Weys' geniales Pratermärchen. An diesem Punkt muß ich meinen Rückblick abbrechen, sonst müßte ich noch von Weigel, Soyfer, Horvath und all den anderen reden, die nach Nestroy im Dialekt geschrieben haben. Über Nestroy gleich noch mehr.

Wie gesagt, neu ist diese Dialektwellenreiterei nicht, aber sympathisch find' ich sie und wirksam. Nur ... Es gibt in unserem Land so viele Arten der Mundart – warum vergessen die Schreib- und Wortkünstler das lustige Alemannisch, das knorrige Tirolerisch, das kehlige Steirisch und, und, und ...! Vielleicht gäbe es eine nicht zu unterschätzende Bereicherung unserer TV-Sprachpalette, wenn man auch Menschen aus anderen Bundesländern Gelegenheit gäbe, sich aufs Maul schauen zu lassen. Keinen bauerischen Kunstdialekt á la Anzengruber – nein, echten erd- und menschennahen, denn sonst glauben die Mattscheibengucker nach einiger Zeit sicher, daß alle Österreicher immer Wienerisch sprechen – und was für eines noch dazu! Und das wäre schade, denn es würde das Bild verzerren und viele Zuseher verärgern.

Toni Hinterstoisser hat mit seiner Alten elf Kinder. Lauter Buam. Wie der zwölfte kommt, kriegt der Toni Bedenken. Der Bua is rotschädlert, weder er noch seine Frau haben Haare dieser Farbe. Sagt er zu seiner Frau: „Traudl, mir scheint, der letzte Bua ist nicht von mir." Darauf sie ungerührt: „Sixt, Toni, wie du nix waaßt. Grad der letzte is von dir."

Daß wir uns oft genug über das Fernsehen ärgern, ist ein alter Hut. Aber auch neue Hüte passen nicht

Neu zum Beispiel sind die „Stehsätze", die uns beglücken. Das, was sie sind, ist keine Mode mehr. Es ist eine Seuche. Denkfaulheit und Nachahmungstrieb lassen diese Seuche derart weiterwuchern, daß man ihr überall begegnet. „Stehsätze" sind die stereotypen Fragen und Antworten, die unser gesellschaftliches Leben durchwachsen haben und die sich nun Wucherungen gleich ausufernd weiterverbreiten.

Fragen Sie jemanden: „Na, wie geht's Ihnen denn?", bekommen Sie erschütternd oft die dumme Antwort: „Wie die andern wollen." Verlangen Sie eine Rechnung, murmelt der Verkäufer lächelnd: „Damit der Androsch a a Freud hat!"* Der nächste, den Sie fragen, wie es ihm erginge, antwortet fast immer mit: „Letztes Mal is no gangen, heut hab ich's no gar net probiert!" Seit Bruno Kreisky sein baritonal gebrummtes „Ich bin der Meinung" kreiert hat, gibt es kaum einen

* Androsch, Hannes, österreichischer Finanzminister des späten 20. Jahrhunderts. Liebling der Steuerzahler. Siehe auch: Beiträge zum österreichischen Masochismus. (Anmerkung für bundesdeutsche Leser.)

Menschen im öffentlichen Leben, der sich dieser vier Worte nicht bedient.

Aus dem Norden aber rollt eine Welle von Gräßlichkeiten auf uns zu und findet leider auch schon bei uns Verwendung. Das scheußliche „ich stelle das nur so in den Raum" kann man als halbwegs empfindsamer Mitteleuropäer nur mit „Da nehmen Sie's nur schnell und tragen Sie's wieder hinaus" beantworten. Daß Theaterstücke nicht mehr geprobt oder probiert, sondern „erarbeitet" werden, ist mir unsagbar zuwider, genauso wie die Tatsache, daß mir jeder zweite was „zu bedenken gibt" und „nicht ansteht, dazu folgende Stellung zu beziehen". Mir kommt das so vor, als würden die Leute in ein Warenhaus gehen und sagen: „Geben Sie mir für fünfzig Schilling stehende Redewendungen, ich habe es satt, meine eigenen Sätze zu formen." Ich trag' ja auch Konfektionsanzüge, benütze genormtes Häuselpapier und verwende das Waschmittel, das andere verwenden. Warum soll ich nicht auch ... bei der Sprache ... ist doch so bequem ...! Und das sind dann die Menschen, die als Individualität behandelt und betrachtet werden möchten. Na, Mahlzeit.

Unlängst haben wir im Theater ein Stück probiert. Ich lernte meine Rolle, überlegte mir alle Einzelheiten, spielte so gut es ging und fand es richtig. Dann kam der Tag, an dem ich zum erstenmal ins Kostüm schlüpfte, und siehe da: nichts mehr hat gestimmt. Die Bewegungen sind im Kostüm ersoffen, die Gesten, der Gang waren nicht mehr in Ordnung: das Kostüm paßte nicht zu mir, nicht zur Rolle, nicht zur Sprache. (Wir mußten es ändern.) Genauso ist es mit den importierten und außer Haus gestrickten Redewendungen. Sie passen fast nie zu den Leuten, die sie anwenden. So wie die leider eingebürgerten Tomaten und Kartoffeln, wie Schlagsahne und Käsesahnetorte nicht in unsere Landschaft passen.* „Ich gebe zu bedenken", daß wir hier mit unseren eigenen Worten auskommen könnten, und stelle die Frage „in den Raum", ob wir in sklavischem Nachahmungstrieb nicht nur unsere Eigenart, sondern auch uns selber zu verlieren im Begriff sind.

Ich weiß schon, das schleicht sich so hübsch ins Ohr, gibt einem den Anschein und das Fluidum des Kosmopoliten und ist nicht gleich als saublöd zu erkennen, wie jene Fremdworteausmerzung, die wir zwischen 1938 und 1945 zu erleben das zweifelhafte Vergnügen hatten. Da sollte der Friseur Haarformer, die Parfumerie Duftei und der Apotheker Gesundheitswiederherstellungsmittelzusammenmischkundiger heißen. So weit sind wir

* Es hat natürlich zu heißen: Paradeiser, Erdäpfel, Schlagobers, Topfencremetorte. (Anmerkung für bundesdeutsche Leser.)

Ein Fremdling tritt auf zwei Uniformierte zu: „Where is here the castle-mountains-clock (Schloßberguhr)?“ Die zwei Flaschengrünen schauen ihn verständnislos an. „Parlez-vous français?“ Wieder nix. Aber er, er läßt nicht locker: „Se habla español? Ceský? Magyarul?“ Es kommt keine Antwort. Da wendet sich der Gast mit Grausen. Sagt der eine Mützling zum anderen: „Sixt es, Sprachen sollt ma können.“ Lacht der andere mit dem Schelmenblick des Überlegenen: „Wos denn, sixtas eh, er kann fünfe, und wos nutzt erm des!“

noch nicht, aber der Anfang ist gemacht. Und den Anfängen wehren, ist allemal das beste Mittel, Böses zu verhindern.

Das hat schon der J. N. N. gewußt

Immer wieder bin ich fasziniert, wenn ich in den Werken des großen alten Johann Nepomuk herumblättere. Allein das Personenverzeichnis seiner Stücke ist für mich ein Born der Freude. Die Namen seiner Figuren drücken prägnant aus, was sie darstellen sollen, und oft versuche ich, die

Theatergestalten mit prominenten Persönlichkeiten des öffentlichen Lebens zu besetzen.

Aus der Komödie „Die beiden Nachtwandler“: Herr Brauchengeld – Hannes Androsch. Aus dem „Mädel aus der Vorstadt“ die Rolle des Schnoferl – Josef Taus. Aus dem „Lumpazivagabundus“: Mystifax, ein alter Zauberer – wer sonst?* Hier noch ein paar Nestroy-Namen. Man kann dafür nach Belieben die richtige Besetzung aussuchen: Goldfuchs, ein reicher Spekulant –, Hypolit, Schwamm von Waschhausen –, Nix, ein Bedienter –, Flegelino, Portier –, Bubino, sein sechsjähriger Sohn –, Ultra, Redakteur –, Reakzler, Edler von Zopfen –, Bisgurnia, eine Fee –. Diese Liste kann lang fortgesetzt werden, denn der J. N. N. hat, Gott sei Dank, einen ganzen Stoß Stücke geschrieben, um die 100.

Deixl, wenn man denkt, was die Leute damals alles gearbeitet haben! Nicht nur unser J. N. N., der Autor, Schauspieler, Direktor in einem war, nein, alle Großen. Goethe, Lessing und wie sie alle heißen ...

Der Herr von Goethe zum Beispiel war Minister, Theaterdirektor, Dichter, Reisender, hat die

* Taus, Josef, österreichischer Politiker, bis auf weiteres in Opposition. Wer sonst? Auflösung des Rätsels für Ortsunkundige: Doktor Bruno Kreisky. (Anmerkung für bundesdeutsche Leser.)

Farbenlehre verfaßt und nebenbei – so weiß man – noch viel Zeit für sein Privatleben gehabt. Was sie alles waren, Schiller, Körner, Grillparzer und die anderen! Ärzte, Beamte, Soldaten, Advokaten, und so nebenbei, als Hobby quasi, haben sie geschrieben. So viel geschrieben, daß ihre Werke meterweise die Regale in den Bibliotheken füllen. Und alles nicht nur mit dem Kopf, sondern auch mit der Hand. Ohne Diktiergerät, ohne Schreibmaschine. Und die Musiker erst! Mozart, jung gestorben, hat ein Oeuvre hinterlassen, das einen vor Ehrfurcht erschauern läßt. Opern, Symphonien, Messen und, und, und ... Daneben ist er auch gereist, hat dirigiert und Konzerte gegeben – unfaßbar. Nein, das ist mit dem Begriff Genie allein nicht zu erklären. Es ist überhaupt nicht zu erklären. Fleiß, Lust an der Arbeit: das muß mit ein Grund gewesen sein. Aber eine vollständige Erklärung finde ich nicht. Bin nur glücklich, daß es das gab – und immer noch gibt. Seltener zwar, aber doch.

Der Herr Dr. Taus hat einen Traum gehabt. Er ist Bundeskanzler geworden. Um den anderen Parteiführern zu zeigen, daß er ein fairer Gewinner ist, hat er den Dr. Kreisky und den Herrn Peter zum Heurigen eingeladen. Nun sitzen die drei

Herren in einem gemütlichen Hinterzimmer einer reizenden Buschenschenke. Nach guter Wiener Tradition hat sich jeder ein Packerl mitgebracht. Der schwarze Herr packt ein riesiges Backhendl aus, der blaue Peter eine Trumm Stelzn. Nur der Herr Dr. Kreisky greift in die Tasche und zieht ein winziges Paketchen heraus. Ein Stücklein trocken Brot ist drinnen, und Kreisky beginnt daran zu knabbern. Da schaut ihn der Taus an, stupst den Peter in die Seite und sagt: „Wos sogn Sie, Herr Kollege, er ist uns schon wieder drei Jahre voraus."

Chapeau! Chapeau!

Ich habe da einen Freund. Chirurg ist er an einem Wiener Spital, Spezialist, als Gefäßchirurg weltberühmt. Er steht jeden Tag um halb sechs Uhr früh auf, ist ab halb sieben in der Klinik, verwaltet, operiert, ordiniert, hält Vorlesungen und hat noch eine Privatpraxis für die Abendstunden, fährt zu Kongressen, fliegt in der Welt herum, ist politisch und humanitär tätig und hat eigentlich immer Zeit, seinen Freunden eine Stunde zu widmen, Besorgte und Ängstliche anzuhören – einfach Zeit, ein Mensch zu sein.

Ein etwas dicklicher Mensch kommt zum Arzt. Der untersucht ihn und sagt: „Sie sind eigentlich ganz gesund, nur zu dick, lieber Freund, viel zu dick. Sie müssen abnehmen!“ – „Wie soll ich das machen?“ fragt der Blade. „Diät, nix als Diät“, antwortet der Arzt. Und dann stellt er die Gewissensfrage: „Was sind Sie denn von Beruf?“ Darauf der Dicke, wie aus der Pistole geschossen: „Messerschlucker.“ Darauf der Arzt: „Also, merken S' Ihnen: Ab jetzt nur noch Obstmesser.“

Dann kenne ich einen Schriftsteller. Jahrelang war er Dramaturg an einem führenden Wiener Theater, schrieb Musik und gefürchtete Theaterkritiken, Stücke, Aufsätze und war Lektor in einem Verlag. Jetzt brachte er sein erstes Buch heraus und arbeitet bereits an einem zweiten. Er ist 74 Jahre alt. Fleiß? Nein – Lust an der Arbeit. Ja, ja, es gibt sie schon noch, die Arbeits- und Schaffenswütigen. Sie heißen nur anders. Aber der Stoff, aus dem sie geformt sind, ist in all den Jahrtausenden der gleiche geblieben.

Mozart ist nur fünfundreißig geworden. Alexander der Große mußte sich beeilen, die (damalige) Welt zu erobern: er starb mit dreiunddreißig Jahren. Trotzdem: alle sind sie vom gleichen

Stamm, die Fleißigen, die Tüchtigen. Die Dichter, die Techniker, die Maler und Komponisten, die Baumeister und Politiker. Chapeau! Man zog immer den Hut vor ihnen und sollte das auch weiterhin tun. Denn sonst könnte so ein Besessener resignieren, verbittert werden, zuerst an der Gesellschaft, dann an sich selber zu zweifeln beginnen. Muß man das nicht verhindern? Man muß!

Einzelgänger und Januskopfe

Denn wir brauchen die Persönlichkeiten! In einer Demokratie entscheidet, wie wir wissen, die Mehrheit, und das ist gut so. Aber Initiativen werden in dieser unseren Welt immer mehr von Einzelpersonen ergriffen. Oft fragt man sich, wieso ein Problem, das schon so lange herumliegt, plötzlich angegangen wird. Und fast immer bekommt man zur Antwort: „Da hat der oder der einen Alleingang riskiert, hat eine Idee gehabt, hat nicht länger warten wollen und ein paar Leute aktiviert." Und dieses Alleinlosmarschieren scheint mir eine weltweite Erscheinung zu sein.

In unserer vermaßten Welt gibt es mehr Einzelgänger als man glauben möchte. Das hat schlechte, aber sicher mehr gute Seiten. Wenn Franz Josef I.

von Bayern* die Fraktionsgemeinschaft CDU-CSU sprengt, dann kommt es auf den Blickwinkel an, um sagen zu können, es ist gut oder es ist schlecht. Wenn aber ein Erdnußpflanzer von seinem Bürosessel aufspringt und schnurstracks ins Weiße Haus marschiert, dann ist das ebenso sensationell wie die Tatsache, daß es Männer gibt, die einer Partei vorstehen, aber in der Gunst der Massen so weit vor der Partei stehen, daß Wahlkämpfe zu Entscheidungen zwischen zwei Persönlichkeiten werden.

Und das ist es, was wir brauchen in dieser Zeit! Persönlichkeiten, die ihre Ideen durchziehen. Wir brauchen sie in dieser lethargischen Welt. Ob es nun politische sind, wirtschaftliche oder kulturelle. Einer muß immer den Mut haben, das Binkerl zu schultern und herumzutragen. Es darf ihn dabei nicht stören, daß er beschimpft, belacht oder gar bespuckt wird. Er muß wissen, daß aus dem „Kreuziget ihn!“ unversehens „Hosianna“-Rufe werden – sobald das Werk gelungen ist.

Der János Kádár von heute schaut auch anders aus als der von 1956. Was sind schon ein paar Jahrzehnte! Auch fünfzig Jahre sind nicht viel –

* Strauß, Franz Josef, süddeutscher Politiker, Vertreter eines vornehm-zurückhaltenden und äußerst subtilen Stils, regelmäßiger Besucher des Wiener Opernballs. (Anmerkung für österreichische Leser.)

nur fast ein Menschenleben. Wie man's eben betrachtet.

Und wenn der Österreicher Kurt Waldheim zum zweitenmal Generalsekretär der Vereinten Nationen wird, dann ist das ein Sieg der Persönlichkeit, der alle Schmähungen nichts anhaben konnten. Ich jedenfalls bin froh darüber, daß unser Mann in New York weiterhin seine Rolle spielt.

Ich halte nämlich die Vereinten Nationen, im Gegensatz zu anderen Leuten, für sehr wichtig und überhaupt nicht für die Quatschbude, als die sie hingestellt werden. Vielleicht ist es gar nicht so wichtig, daß die Vollversammlung so einseitig angreifbar und unobjektiv arbeitet. Vielleicht, so sag' ich mir als kleiner Bürger, ist es wichtig, daß sich dort Leute in den Couloirs treffen, die sich sonst aus dem Weg gehen, gehen müssen. (Wieder zwei Blickwinkel.) Und es ist sicher gut, daß dort ein neutraler Österreicher den Hausherrn spielt.

O ja, ich höre schon die Bemerkung des ewigen Herrn Karl: „Was haßt denn: Hausherr? Hausmeister ist er!" No und, frage ich. Ist das so schlecht? Der Hausmeister ist oft wichtiger als der Hausherr. Wie man's betrachtet. Wieder zwei Blickwinkel.

Wir Österreicher können uns auf eine einzige Meinung in einer Sache partout nicht versteifen. Die zwei Blickwinkel ziehen uns dorthin und dahin. Die Welt hat für uns ein Janusgesicht.

Wer mich kennt, der weiß, daß ich, ehrlich gesagt, kein Abstinenzler bin und auch gern einmal ein Schwammerl habe. Aber gleich dreißig Milliarden für Alkohol und Tabak im Jahr? Das ist selbst mir zuviel. In ihrem Dusel sehen die Feucht-ernährten gar nicht, daß sie zwar gegen das Gesundheitsministerium, aber für das Finanzministerium saufen. A Vierterl fürs Herz, a Vierterl für die Leber, a Vierterl für die Milz, drei Vierterln für den Hannes!* Bravo, meine Damen und Herren Tschecheranten – schneller trinken, die Autobahn nach Graz muß endlich fertig werden.

Ja, so ändern sich die Zeiten, früher waren die vier gefährlichen F: frisch, fromm, fröhlich, frei! Heute sind sie: Freizeit, Flaschenbier, Fernsehen und Filzpatschen. Ich will mich, wie gesagt, treuherzig zu dem Affen bekennen, den ich manchmal sitzen habe. Aber – siehe: die beiden Blickwinkel! Man muß es ja nicht übertreiben. Sonst werden die Großkopferten für das schwer ertrunkene Geld keine Autobahn, sondern nur mehr Trinkerheilanstalten bauen, und das kann doch nicht Zweck der Übung sein.

Der Januskopf, von dem die Rede war, schaut mich immer wieder an. Ich geh in meiner Stadt herum und verstehe nicht, daß Freude und

* Siehe Fußnote Seite 22.

Ein Vertreter bereist das Land der Ungarn. Wurde eingeladen und sieht auf einer Kredenz einen Totenschädel. Nur so im Gespräch fragt er: „Der Herr Großpapa?“ – „Nein“, antwortet der Gastgeber, „das ist der Totenschädel des berühmten Freiheitshelden Rákóczi.“ Am nächsten Tag in einer anderen Behausung wieder ein solches Ding auf einem kleinen Tischchen. Selbe Frage, selbe Antwort: „Der Totenschädel des berühmten Freiheitshelden Rákóczi.“ Am dritten Tag die Sensation: Unser Mann in Budapest entdeckt unter zwei Glasstürzen zwei Knochenhäupter, ein großes und ein kleines. „Wer sind die?“ Antwort: Das sind die zwei Totenschädel des berühmten Freiheitshelden Rákóczi, einer, wo ist erwachsen, und der andere, wo ist als Kind.“ Darauf der Österreicher: „Sie verzeihen, mein Lieber, aber: wo immer ich hinkomme, zeigt man mir im Privatbesitz den Totenschädel des Freiheitshelden Rákóczi.“ Darauf verschmitzt der Madjar: „Sehen Sie, das ist alles Lüge. Echt ist nur der im Ungarischen Nationalmuseum und meine zwei beiden.“

Grauen so nah nebeneinander liegen. Da strahlt die Wiener Ringstraße von Mai bis September in Festbeleuchtung, der Springbrunnen am Schwar-

Ein Mann kommt spät in der Nacht betrunken nach Hause. Seine Frau schreit: „Geh sofort ins Bett, du weißt, wenn du besoffen bist, siehst du alles doppelt." Darauf lallt der Mann: „Erstens ist es nicht so, zweitens bin ich stocknüchtern und drittens, ihr zwei Hübschen, macht ein bisserl Platz, damit ich zwischen euch liegen kann."

zenbergplatz wechselt unentwegt die Farb', und ein paar Kilometer weiter wird eine Frau von Gangstern in ein Auto gezerrt und entführt. Januskopf einer Stadt!

Da spielen wir im Theater, von Kindern bejubelt, „Rotkäppchen". Lustige Gschrappen agieren mit leuchtenden Augen aus dem Zuschauerraum mit. Sie warnen den Hasen vor dem bösen Wolf durch laute Zurufe, geraten aber in tobende Verzückung und paschen, was das Zeug hält, wenn der nämliche Wolf die Großmutter und das rotbemützte Mäderl frißt. Januskopf einer Kinderschar!

Mein tierärztlicher Freund berichtet mir, daß ein Mann mit einem Hunderl bei ihm erschien. „Herr Doktor, mei Flocki ist krank! Er is mei Ollas, können S' ihm höfen?" Der Arzt untersucht, stellt fest, daß eine Operation das Hundi, den Liebling, wiederherstellen kann. Kostenpunkt der Operation: dreitausend Schilling. Darauf nicht ein tiefer Seufzer, nicht eine Bitte um Zahlung in Raten, nein! Nur kurz und bündig: „Das is ma z' teuer. Schläfern S' erm ein!" Januskopf eines Tierfreundes.

Da sitz' ich nun und schüttle den Kopf. Daß ich dadurch noch mehr Schädelweh kriege, stört mich schon gar nicht, ich nehme auf meinen Kopf keine Rücksicht. Wer weiß, vielleicht ist auch er ein Januskopf?

Ein Mann kommt mit einer riesigen Dogge zum Tierarzt und bittet: „Können Sie mir helfen, lieber Doktor? Mein Hund hat riesiges Vergnügen dabei, jedem Kleinauto nachzujagen." – „Aber ich bitte Sie", tröstet ihn der Arzt, „das ist doch ganz natürlich. Das machen viele Hunde so." – „Schön", nickt der Mann, „aber meiner fängt sie und vergräbt sie dann in unserem Garten."

HAAR- UND ANDERE SPALTEREIEN

Das Haar auf der Brust

Wo tragen Sie Ihren Bart?

Man muß ja nicht alles glauben, aber einen verstohlenen Blick auf meine nackte Brust habe ich doch geworfen. Und befriedigt aufgeatmet. Mir kam nämlich das medizinische Fachblatt „Medical Tribune“ zwischen die Finger, respektive vor die Augen. Und diese sind mir dann fast herausgefallen. Die Augen. Denn was lese ich? Ein Dr. Alias hat Untersuchungen angestellt und herausgefunden: Je weniger Brusthaare ein Mann hat, desto weniger Hirn hat er auch. Die Schlußfolgerungen für weibliche Wesen zu ziehen überläßt der Doktor seinen Lesern.

Aber meine Herren, Sie brauchen sich jetzt nicht das Hemd aufzuknöpfeln und Ihre Vorderseite zu inspizieren! Wird schon alles in Ordnung sein. Und wenn nicht – machen Sie sich nix draus, lassen Sie sich deswegen auch auf dem Kopf keine grauen Haare wachsen. Stimmte alles, was der Dr. Alias da erzählt, da hätten ja die Herren Schubert,

Bruckner, Einstein, Edison, Bismarck und Pythagoras ausschauen müssen wie die Schimpansen – was die Brustbewachsung betrifft.

Einfach wäre das selbstverständlich. Kommt einer zu einer Prüfung, sich vorstellen wegen eines neuen Postens oder so, brauchte man nur zu sagen: „Öffnen Sie das Hemd, zeigen Sie Ihre Brust!“, und schon weiß man über die geistigen Fähigkeiten Bescheid. Anderseits gäb's sicherlich auch viel Schwindeleien, und die Perückenmacher hätten Hochbetrieb. Es ist besser so, wie es jetzt ist. Es könnte sonst nämlich zu einer Diktatur der Behaarten kommen, und vor Diktaturen hab' ich einen gewissen Spundus. Sie beunruhigen mich.

So wie mich manches beunruhigt, was ich so sehe, lese oder höre. Daß zum Beispiel der Herr Doktor Franz Josef Strauß ohne Rücksicht auf die Jahreszeit karnevalistische Reden von sich gibt – das beunruhigt mich. Er schmeichelt der chilenischen Militärdiktatur, erzählt ihr, daß hier im verlotterten Europa Lügen über sie verbreitet werden, und stellt die Behauptung auf, daß Präsident Salvador Allende nicht ermordet wurde, sondern Selbstmord begangen habe. Und das ist ein bisserl zu viel.

Bei aller Verschiedenheit der politischen Meinungen, ich gebe es zu, daß ich oft Sympathien

Ein junger Münchner macht einer drallen Münchnerin mitten am Viktualienmarkt einen Heiratsantrag: „Resi“, sagt er, „heirat’ mi, weil so an wie mi findst nimmer. Schau, i hob überhaupt kane Fehler. I spül net, i betrüg di net, i geh net zum Fußball, i geh net zum Rennen, i schau net fern und i trink a net.“ – „Jo mei“, sagt darauf das Mäderl, „host denn wirklich kan Fehler?“ Darauf blickt er schüchtern zu Boden, wird rot und sagt: „Jo. Oan wohl. I lüag.“

für den Bullen aus Bayern empfinde. Ich mag seine Scharfmacherei nicht, aber ich genieße seinen Humor und seine schauspielerischen Fähigkeiten. Wie er vor Intellektuellen den Gebildeten, vor Bauern den Erdgebundenen, vor Bayern den Hasser der Nordlichter und vor den kühlen Dogmatikern im deutschen Bundestag den schwitzenden Volkstribun hinlegt, das ist anschauens- und durchschauenswert. Aber vor Reisen nach Südamerika würde ich ihm abraten. Er könnte dort noch einmal Haare lassen. Brusthaare nämlich.

Es sieht aber so aus, als wäre die Verteilung von Haaren eine Modesache. Was schön ist auf der Brust, muß noch lange keine Zier auf dem Kopf sein. Zur Zeit scheinen die Glatzerten den

Idealtyp der Frauen darzustellen. Telly Savalas, Yul Brynner – das sind die Plattenstars unseres Jahrhunderts. Komisch eigentlich, daß die Frauen so sehr auf haarlose Mannsbilder fliegen. Aber das war immer schon so. Hätte sonst die Dalila (nicht die Lavi) dem Samson die Locken gestutzt? Manche Völkerstämme bedecken die unteren Teile ihrer Damen mit dem erbeuteten Haar des besiegten Gegners. Die Indianer lassen der Einfachheit halber gleich die ganze Kopfhaut dran.

Das Haar in der Suppe

Dieses Österreich ist doch ein hinterwäldlerisches Land. Da rufen Dichter, Ärzte, Schauspieler und andere Menschen, denen an der Demokratie etwas liegt, vor einer Wahl zur Stimmabgabe für den richtig scheinenden Kandidaten und seine Partei auf. Und noch monate-, wenn nicht jahrelang sind ein paar Andersgläubige verstimmt.

Ich habe mich immer gefragt, warum das so ist, und jetzt weiß ich es endlich. Wir haben uns zuwenig exponiert, wir haben nicht das Letzte gewagt. In Japan ist das anders. Da stürzt sich ein Schauspieler mit seinem Flugzeug für Gott, Tenno und Vaterland auf das Haus eines Politikers, der in eine Korruptions-Affäre verwickelt ist. Aber es war ja schon immer so, daß sich die Schauspieler in solche Sachen gemischt haben. Wer hat Abraham Lincoln erschossen? Ein Schauspieler. Wer war an der Französischen Revolution maßgeblich beteiligt? Der Herr Talma, ein Schauspieler. Wer ging 1848 in Wien auf die Barrikaden? Ein Schauspieler namens Johann Nepomuk Nestroy. Fidel Castro soll ja auch Theater gespielt haben. Jetzt wird allerdings mehr verlangt. Jetzt soll sich der Kulenkampff mit seinem Flugzeug auf die Villa von Franz Josef Strauß stürzen, und die Uschi Glas auf Kanzler Schmidts Behausung.

Und bei uns? Wir stehen beschämt in der Ecke, denn trotz aller Stargagen hat keiner von uns ein Flugzeug wie der japanische Kollege. Wir können froh sein, wenn wir bei diesen Steuern das Geld für den Treibstoff unserer Autos aufbringen.

Vielleicht geschieht noch ein Wunder, und der Prikopa hupft dem Androsch ins G'nack*.

Ja, warum soll er sich denn nicht exponieren? Er nicht? Andere ja? Da schreibt jemand in einer Broschüre klipp und klar, was er ist. Der Bekenner ist niemand anderer als Freund Lembke. Ja, er ist's.

* Prikopa, Herbert, Hexendarsteller und Opernsänger, durch Leibesfülle als Schwergewichtler erkennbar.
Androsch, Hannes, siehe Seite 22. G'nack – hochdeutsch Genick. (Anmerkung für bundesdeutsche Leser.)

Der „Was-bin-ich"-Lembke. Er sagt es in einem Heftchen ganz deutlich. „Was bin ich " – „ein CSU-Mensch!"

Und dazu sagt jemand ganz empört in der Kantine: ein Fernsehmensch sollte keine politische Meinung haben! Und wenn ja, dann sollte er sie verschweigen. Er sei schließlich für alle da, und so fort. Und das regt mich auf. Denn das ist undemokratisch. Der Bürger Lembke hat so wie der Bürger Muliar das Recht, nein, die Pflicht, als Demokrat seine Meinung zu sagen. Zu sagen, was ihm für sein Land richtig und gut erscheint. Und jeder, der daran Anstoß nimmt, ist ein Mensch, der den tieferen, den wahren Sinn der Demokratie nicht versteht oder noch nicht verstanden hat. Lembkes politische Meinung ist ganz bestimmt nicht die meinige, aber ich sage mit Abraham Lincoln: Seine Meinung ist fürwahr nicht die meinige, aber ich werde alles daransetzen, daß er sie frei sagen darf. Seien wir doch auch hier den anderen um einen Schritt voraus. Laßt uns stolz sein, daß wir die besseren Demokraten sind. Für mich ist der Lembke, wenn auch öffentlich Angestellter und Fernsehliebling, ein Demokrat – ein mutiger Mann. Basta!

Auf dem Roten Platz in Moskau steht ein uralter Mann, schreit: „Regierung – Banditen, Breschnjew – Schmetterant! Alle lügen, alle gehören eingesperrt!“ Kommt ein Milizionär und sagt: „Sag einmal, Genosse, würdest du mir deinen Ausweis zeigen?“ Der alte Mann greift in die Tasche, zieht ein verknittertes Papier heraus, der Milizionär liest und sagt dann nicht unfreundlich: „Was schreist du hier herum? Neunzig Jahre bist du alt, Kohn heißt du, arbeitslos bist du und Pensionist bist du auch. Wenn dir was nicht paßt, warum wanderst du nicht in deinem Alter nach Israel aus?“ Darauf der alte Kohn schüchtern: „Schauen Sie, ich bin neunzig Jahre, ich gebe mir höchstens noch zwei. Wenn ich den Breschnjew beleidige, gibt er mir mindestens zwanzig!“

Ich rufe nach Demokraten

Denn der Ruf nach Demokraten ist gar nicht so überflüssig. Die Zeit, in der wir leben, ist nicht sehr angenehm. Gar nicht so kleine Kleinkriege überall, Terror, Morde, Entführungen, Wirtschaftsflauten, Geldentwertung, Arbeitslose und Streiks. Hunger, Not und Armut in einem großen

Teil der Welt, und skrupellose Gewaltmenschen, die diesen Hunger mißbrauchen: als Verbündeten in ihrem Streben nach Macht. Gewalt und Radikalisierung, wohin man schaut. Auch wir, hier in Österreich, mußten zur Kenntnis nehmen, daß es nicht möglich ist, unser Land freizuhalten von all den Grauslichkeiten.

Beispiele? Da wollten zwei Spitzbuben mitten in Salzburg aus einer Wechselstube Geld holen. Weil sie aber von der Polizei daran gehindert wurden, nahmen sie den Kassierer als Geisel und verschanzten sich hinter Panzerglas. Die zwei oftmals vorbestraften Herren aus Leoben haben damit bewiesen, daß das wilde Bergvolk hinter dem Semmering auch in dieser Sparte durchaus seinen Mann stellt. Zwei Mann sogar.

Ich habe in der Mittelschule einen Deutschprofessor gehabt, der war Steirer mit Leib und Seele. Wenn man ein „Sehr gut“ haben wollte, mußte man seine Schularbeit eigentlich nur mit dem Satz schließen: „Ein glücklicher Sommer (Winter, Herbst oder so ...) in der herrlichen Grünen Mark war zu Ende.“ Dann war der Profax gerührt, und grün-weiße Zähren rannen ihm über die Bäcklein. An ihn, den alten Herrn, mußte ich denken. Er wäre stolz gewesen und hätte gemurmelt: „Da sieht man's wieder: mia brauchen kane ‚Straßen von San Francisco‘, mia kennen des a!“ Nur hätte er sich gewünscht – so wie ich ihn kannte, glaube ich, das behaupten zu können –, daß echte steirische Bankräuber ihr Handwerk nur in der Heimat ausüben. Nicht im fernen Salzburg, in der Getreidegasse! Die ist eh schon berühmt genug. Und Wildon, Maria-Trost oder gar das liebliche Knittelfeld hätten ein wenig Reklame vor dem Sommer doch so notwendig!

> Meint ein Kery-Ländler zum anderen: „Über uns machen Sie Witze in Wien, dabei sans selber die größten Deppn. Alle fufzig Jahr lassens die Reichsbruckn zum Waschn in die Donau obe, und dann kriegens sie's neamer auße."

So rufe ich an seiner Statt: „Räuber, seid patriotisch! Brecht nur dort ein, wo ihr daheim seid! Wenn ihr euch auch unredlich nährt – bleibt trotzdem im Lande!" Es müßte überhaupt ein Gesetz beschlossen werden, das Banditen verbietet, ihr Wesen außerhalb des eigenen Bundeslandes, ja der eigenen Gemeinde zu treiben. „Österreich ist schön, komm', bleib'", heißt es allenthalben. Für die Herren Gangster sollte man neue Slogans erfinden. Für Vorarlberger Eintippler zum Beispiel: „Vorarlberg ist reich, sei stolz, brich hier ein!", in

Wien: „Strizzis aus Wien! Die Z hat Geld für jeden Zweck bereit! Ein Weltstadtgangster arbeitet nicht in der Provinz!“ und so weiter in dieser Art.

Massentourismus einst und jetzt

Auf die Heimkehr ganz bestimmter Gangster könnten wir allerdings gern verzichten. Da seufzen wir im stillen Kämmerlein: „Wären sie doch geblieben, wo sie waren!“ Dieser spezielle Gangster, den ich meine, hat während seines Lebens für einen Massentourismus sondergleichen gesorgt. Man marschierte ein in Massen, man marschierte aus in Massen und man marschierte in den Himmel in Massen. Oder halt eben in die Hölle. Das Komischste an der Sache ist, daß der Massentourismus um diesen Herrn Hitla jetzt wieder in Mode kommt.

Ein Linzer Reisebüro wirbt zum Beispiel mittels „Wurfsendung“ für eine „historische Rundfahrt in die Vergangenheit“. (Das ist zwar ein miserables Deutsch, aber wen ficht das an? Der Geist, von dem das Unternehmen getragen wird, ist entscheidend!) Tatsächlich scheint den Linzer Tourmanagern (oder sollte man, da es sich hier offensichtlich um sogenannte Bettvorleger-Germanen handelt, sagen: Massenauffahrtsbetreuer) ein Wurf gelungen zu sein, den man seiner Sendung wegen nicht unterschätzen soll. Eine Wurfsendung eben. Um was es sich handelt? Die Freude, der Stolz auf meine im schönen Linz tätigen Landsleute schnürt mir die Kehle, drückt mir das Herz zusammen.

Das Reisebüro in Linz also wirbt für einen „herrlichen Tagesausflug“ im modernen Fernbus. Ziel: das Berchtesgadener Land! Zur Labung wird in einer Enzianbrennerei – noch dazu „der ältesten in Deutschland“ – ein im Fahrpreis inbegriffenes Stamperl kredenzt, und dann geht's – hojotoho, wigela weia – weiter zur zünftigen oberbayerischen Jause auf den – ja, erraten, es liegt ja in der würzigen Luft! – Obersalzberg. Nach dem Mittagessen (Riesenportion saftiger zarter Schweine- oder Rinderbraten, zum Sonderpreis!) schreitet der vergangenheitsforschungsbeflissene Reisende gestärkt und gewappnet dem Höhepunkt des Tages entgegen. Eben der besagten historischen Rundfahrt in die Vergangenheit. Da wird er dann die braunen Äuglein aufreißen, den Bierbauch einziehen und die deutsche Brust wölben, daß die arischen Haare – oder was davon übrig ist – vor Freude strammstehen. Denn was liegt vor ihm, worauf darf er durch seine Kurzsichtbrille blicken? Auf den „Adlerhorst, den Plattenhof mit

SS-Kaserne, Hitlers Privatbunker und sein Haus am Wachenfeld und vieles andere mehr".

Vieles andere mehr? Ja was denn noch, fragt er sich ganz erstaunt, der Reisende, und zittert vor Erwartung. Was noch? Aber das erzählt der Reiseleiter, der die „Führung innehat und geschichtliche Erläuterungen" von sich gibt. (Im Fahrpreis inbegriffen!) Vielleicht zeigt er den Ort, wo der größte Feldherr aller Zeiten immer so sehnsüchtig nach seiner Ostmark hinüberblickte. (Den Tisch, an dem er Ausrottungsdokumente und Kriegserklärungen unterschrieb, wird es kaum mehr geben.) Aber vielleicht läßt sich mit Hilfe des „Reiseleiters" der Ort finden, an dem der Hausherr mit dem üblen Mundgeruch (laut Paul Hörbiger – und dem glaub' ich mehr als jedem Reiseleiter) Schuschnigg das Rauchen verboten hat und dieser sich gefragt haben soll, welche der geschmacklosen Tapeten des „Berghofes" der Pinselkünstler aus der Meldemannstraße* wohl selber entworfen hat. Teifi, Teifi – und ich hab' das jetzt erst erfahren. Gern hätte ich die Postkarte, wie im Prospekt gewünscht, mit 40 Pfennigen (wieso eigentlich Pfennigen?) frei gemacht und wäre mitgereist. Die Fahrt – „ein herrlicher Tag, um den

* Berühmtes Wiener Tages- und Nachtasyl. (Anmerkung für bundesdeutsche Leser.)

Sie Ihr gesamter Bekanntenkreis (deutsche Sprach' – schwere Sprach') beneiden wird" – findet bei jeder Witterung statt. Ob mein Bekanntenkreis ...? Also, ich weiß nicht recht. Fall auf an jeden (um im Stil der Werbeschriftverfasser zu bleiben) ich wär' gern dabei gewesen. Ich hab' nämlich seit Tagen eine üble Magenverstimmung, und vielleicht hätten das Glaserl Enzian, die Fahrt im modernen Fernbus, der saftige Schweinebraten mir Erleichterung gebracht. Wenn ich's bis zur „Alpenstraße" nicht geschafft hätte, dann wäre mir noch eine, eine letzte, aber sichere Chance geblieben. Vor dem „Adlerhorst" hätte ich bestimmt das große Kotzen gekriegt. Und das alles für läppische 120 österreichische Schilling. Diesmal hab' ich's zu spät erfahren – aber beim nächsten Mal bestimmt! Bis dahin, Hut auf, ihr Herren in Linz!

Auf einer Bundesstraße in der Bundesrepublik fährt ein Bundesdeutscher auf einen anderen solchen. Nur Blechschaden! Beide Wirtschaftswundertäter steigen aus und freuen sich, daß nicht mehr passiert ist. „Noch mal gut gegangen", strahlt der eine. „Darauf woll'n wir ein' nehmen!" Und präsentiert seinem Leidensgenossen eine elegante Taschenflasche mit köstlichem Whisky. Der trinkt, noch ein' Schluck, und noch ein' großen drüber, reicht sie zurück und sagt: „Prost, mein

Bester, und nu' nehmen Sie ein' zur Brust!" Drauf der Strahlende noch strahlender: „Danke, ich trinke erst, wenn die Polente unsere Promille gemessen hat!"

Muliar ermittelt

Da muß ich an einen anderen Gangster denken. Die Welt hat sich kaum von dem Schrecken erholt, den ein kleiner Gefreiter – zu höheren Ehren aufgestiegen – verbreitet hat, schon steht sie vor einem neuen Monstrum. Exfeldwebel und selbsternannter Marschall, Präsident und seit einigen Wochen selbstdekorierter Eroberer des britischen Weltreiches, Idi Amin Dada, watet knöcheltief im Blut und ist dabei, sich einen Platz in der Schreckenskammer unseres Sternes gleich neben dem verhinderten Kunstmaler aus Braunau zu erobern. Unfaßbares geschieht vor den Augen der Weltöffentlichkeit, und wieder schüttelt sie verständnislos und empört das Kopferl. Das ist aber auch schon alles. Vielleicht könnte sie sich einmal entschließen, doch die Faust zu schütteln. Oder, besser noch, den Herrn zu packen und ihn selber so lange zu beuteln, bis ihm die Augen heraus-

Leonid Breschnjew hat seine Mami zu Besuch. Beide stehen an einem Fenster des Kremls und blicken auf einen Innenhof hinunter. Dort stehen viele herrliche Autos. Leonid erklärt: „Siehst du, Mütterchen, den Rolls-Royce hab' ich von der englischen Königin, den Pontiac vom Kaiser des Iran, den Mercedes von Willy Brandt und den Fiat dort vom italienischen Staatspräsidenten." Da freut sich Mutti, sieht Leonid stolz an und flüstert dann ganz leise: „Schön, mein Kind – gib nur acht, daß die Kommunisten dir das alles nicht wegnehmen."

fallen oder wenigstens aufgehen. Zeit wär's, und ein paar tausend Menschenleben könnten gerettet werden. Ich bin schon sehr für Takt und Form im Umgang mit Diktatoren – aber seit 1939 spätestens sollte man wissen, daß es auch da, zum Wohle der Menschheit, Grenzen geben muß – und gibt!

Haben Sie einen Globus zu Hause?

Mein Sohn hat einen, wie man ihn in einem Papiergeschäft bekommen kann. Eine Tante hat das herzige Ding spendiert. Die Erde ist auf diesem Globus so klein wie eine Orange. Man muß nur den kleinen Finger rühren, schon kommt man von Wien nach Peking. Diesen Globus hab' ich mir angeschaut. Da residierte fünf Millimeter weit von Idi Amin ein ganz anderer Mensch. Und da sage man noch, daß alle Menschen gleich sind!

Der Mensch, den ich meine, heißt Anwar el Sadat. Er hat vollzogen, was Millionen Araber und Israelis wohl erhofft und erfleht, aber nicht auszusprechen gewagt haben. Der Bauernsohn vom Nil hat nicht nur staatsmännische Weisheit bewiesen, sondern auch Mut. Persönlichen Mut! Da hat sich nun endlich einer gefunden, der bereit ist, seinen Ruf, seine Karriere, seine Stellung und nicht zuletzt sein Leben zu riskieren. Aber – und das ist das Seltsame und Seltene – nicht, um in einem Krieg ein Held zu sein, sondern um Frieden zu erlangen. Frieden für die siebenunddreißig Millionen Menschen, deren Präsident er ist, Frieden für dreieinhalb Millionen Israelis, und letztlich Frieden für eine der politisch brisantesten Regionen dieses Erdballes.

Die große alte Dame der israelischen Sozialdemokratie, Golda Meir, hat einmal gesagt: „Frieden wird es erst geben, wenn Sadat das Leben seiner Söhne wichtiger ist als der Tod der unseren." Es hat den Anschein, als sei dieser Zeitpunkt gekommen. Anwar el Sadat sieht sich, Verräter und Spalter geheißen, einer Front der Ablehnung gegenüber. Es ist komisch und tieftraurig zugleich,

In einem Oststaat wird ein Kontaktmann in das Hauptbüro des Geheimdienstes gerufen; dort drückt ihm der allmächtige Anführer ein Kuvert in die Hand und flüstert ihm zu: „Sie fliegen über Wien, Paris, London, New York nach Tel Aviv. Dort steigen Sie aus, begeben sich mit einem Taxi in die Ben-Jehuda-Straße Nr. 26 und geben das Kuvert auf folgende Weise unserem Vertrauensmann in die Hand: Sie werden das linke Auge zukneifen und flüstern: ‚Die Wüste wird blühen.' Wenn er Ihnen antwortet: ‚Aber nur, wenn es regnet', dann sind Sie richtig. Hauen Sie ab, Mensch!"

Nun, der Spion macht sich auf den Weg, kommt in Tel Aviv an, steht vor dem Haus, das ihm bezeichnet wurde. Nur – der Kontaktmann Kohn ist nicht zu finden, denn in diesem Hause wohnen nicht weniger als sechzehn Leute des gleichen Namens. Schnurstracks geht er auf die erste Tür, die mit dem Namensschild „Kohn" geziert ist, zu, läutet, ein älteres Männlein öffnet ihm, er kneift – wie vorgeschrieben – das linke Auge zu und flüstert: „Die Wüste wird blühen." Darauf lächelt der alte Herr, zeigt mit dem Daumen nach oben und sagt: „Der Spion wohnt im zehnten Stock."

daß man einem Mann, der Krieg verheißt, zujubelt; einen, der den Frieden sucht (und wenn es derselbe ist) als Verräter beschimpft.

Dabei zeigte der Ägypter nur einen neuen Weg. Wenn zwei Staaten Differenzen haben, so kann der Gottöberste des einen Landes in das andere reisen und dort vor dem Parlament sprechen und umgekehrt. Man kann die Hand zur Versöhnung ausstrecken, und sie wird ergriffen werden. Wenn man aber die Hand des Feindes einmal gedrückt, wenn man gespürt hat: der da, der Feind, ist auch ein Mensch, dann wird man die Hand nur schwerlich an die Gurgel des anderen legen können und wollen. Ich habe Sadats Ankunft in Tel Aviv gesehen und mußte – Fernsehkrimi gewohnt – immer denken: hoffentlich schießt jetzt keiner. Denn es gibt nicht viele, die ihr Leben für den Frieden zu riskieren bereit sind. Wer dann sah, wie der Mohammedaner im Israelischen Parlament unter dem Bild des Österreichers Theodor Herzl seine Rede mit dem Wort Friede* beschloß, der mußte glauben, daß auch das Unmögliche möglich ist – oder wie Chaim Weizmann sagte: Wunder sind einkalkuliert! Hier möchte ich einen Abschnitt beenden. Suchen Sie sich aus, welches Wort für Frieden Ihnen am meisten zusagt!

* Friede: engl.: Peace, frz.: Paix, arab.: Salam, hebr.: Schalom

TOLLE GERMANIA!

Wer reist, gewinnt – auch Eindrücke!

Deutschlandtournee 1977

Du, Österreicher, den es in die Ferne zieht, hier hast du den Tip deines Lebens: Am Klopapier sollst du sie erkennen. Beginnen wir aber am Beginn, sagte schon Lord Byron.

Ich hab' mich ehrlich geschwanzt, wie ich einmal im Fernsehen die Serie gesehen habe, die man über den Nepp in Österreich gedreht hat. Ein junges deutsches Ehepaar, reizende, naive Leute, werden von einem Reisebüro wohin verschickt? Na, wohin? Natürlich nach Österreich – wo sie nach Strich und Faden ausgenommen werden. Zum Teil hab' ich mich gefreut und gedacht, recht geschieht es den Hoteliers in der Alpenrepublik, daß sie auch einmal eine über den Hut kriegen; denn auch ich bin manchmal schauerlich eingefahren. Andererseits hab' ich überlegt: Wie kommen die anständigen, bemühten Gastronomen dazu, mit den Gaunern in einen Topf geworfen zu werden? Und überhaupt kränkt es den rot-weiß-roten Patrioten, wenn das Ausland auf uns schimpft. Wir selber – bitte. Aber die anderen? Nein. Seither beobachte ich sehr genau, wie die Hotellerie in anderen Ländern funktioniert.

Ergebnis? Da gibt es die internationale Luxusklasse – auf der ganzen Welt gleich, genormt, unpersönlich, teuer. Dann sehr schöne Häuser mit großem Komfort und exzellentem Service, komfortable und gutbürgerliche oder bürgerliche Betriebe und so weiter. Und dann gibt es die Herzerln, die in einer, höchstens zwei Saisonen reich werden möchten. Und hier erschalle nun der Mahnruf: Du, Österreicher, achte auf das Klopapier! Ist es fein und zart, dann ist dein Gastwirt auf dein Wohl bedacht. Ist es rauh und steif wie

Ein Marktschreier auf dem Wochenmarkt: „Heute sind Klosettbürsten besonders preiswert, fünf Stück nur zwölf D-Mark! Na, meine Herrschaften, meine Dame, mein Herr, wie wär es? Wollen Sie das günstige Angebot der Woche nicht ausprobieren?“ Darauf eine ältere Frau schüchtern: „Nein, lieber nicht, wir haben uns so an das Papier gewöhnt.“

Schmirgelpapier, so ist er ein Knauser, Geizhals und Raffer.

Jüngst hatt' ich ein sonderbares Erlebnis. Im Bergischen Land siedelte uns ein Desperado in einem zum Hotel umgebauten, besseren Schrebergartenhäusel an *. Die Zimmer klein und ein Fensterscheiblein zerbrochen, wahrscheinlich von Bubenhand devastiert und nicht ersetzt. Die Heizung, der Clou des Raumes: Gasofen, in Betrieb 40 Pfennig pro Stunde. Kein Telefon im Zimmer, dafür 50 Pfennig pro Einheit, wenn man von der Säge aus anruft, und – Weintrinker, halt di an – ein Vierterl gar 8,50 D-Mark. Achteinhalb bundesdeutsche Mark, die, so sagt mein Computerhirn, einen Wert von 59 Schilling und 50 Groschen in österreichischer Währung repräsentieren. Wenn einer da gern zu Mittag und am Abend vor der Vorstellung ein Vierterl – und nach getaner Arbeit so deren zwei bis drei – verkonsumiert, so hat er zwar noch keinen Fetzen, aber 300 Schilling weniger in der Tasche. Dazu ein Wiener Schnitzel zu 15 D-Mark, und du bist 400 Ischlinge los wie nix und gehst als weißer Neger ins Bett. Ein Glück, daß der Wein hier nicht meiner Geschmacksrichtung entspricht, denn nur so kam ich mit zwei blauen Augen davon.

* Adresse ist beim Autor zu erfragen.

Ich weiß schon, daß das ein Ausnahmefall ist, aber ich dreh' darüber auch kein Fernsehspiel, sondern erzähle es nur meinen Freunden. Ich bin ein Bühnenmensch und hab' manche schlechte Kritik schlucken müssen. Nun teile ich einmal eine Zensur aus. Gleiches Recht für alle!

In Korbach, im Hessischen Land – erreicht nach drei Stunden Fahrt –, aus Herfort kommend (wer da her fohrt, muß an Grund hab'n, daß er her fohrt, nach Herfort), kommt ein etwa fünfjähriger Bua auf mich zu, tippt mir mit seinem schmutzigen Zeigefingerl auf den Bauch und kräht: „Sie sinn' Schauspieler, was?" – „Wieso?" frage ich geschmeichelt. Darauf er: „Weil Sie so ausschauen wie der da", packt mich bei der Hand und schleppt mich zu einem Kinoplakat. Drauf ist der Louis de Funès zu sehen, mit gräßlicher Gri-

In der Wüste geht ein deutscher Urlauber schon kilometerweit. Schwimmhose, Schnorchel, Harpune. Kommt ein Beduine auf einem Kamel. Sagt der Germane: „Wie weit ist es noch bis zum Meer?" Der Beduine weist nach Norden und sagt: „Sechsunddreißig bis vierzig Kilometer." Darauf der Wohlstandsbürger: „Toller Strand!" und stapft fröhlich weiter.

masse, auf einem Seil balancierend. Das nenn' ich populär sein – der Tag war gerettet.

Ich war übrigens dabei, ein Telefonhäusel zu suchen, und zwar eines mit grünem Schild, das da anzeigt, man kann auch ins Ausland anrufen. Die deutsche Post muß finanzielle Sorgen haben, denn auf den Häuselfenstern sind Sprechblasen aufgepickt, mit der Aufforderung: „Ruf doch mal an!" Besagtes Telefonhäusel habe ich nun gefunden, aber es war besetzt. Man sieht: Häusel bleibt Häusel! Auch in der Bundesrepublik.

Also sitze ich im Postamt und warte. Warte, bis der nach Neapel schreiende Italiener herauskommt, und lese die Gazetten. Drollige Überschriften: „Alle Bohrer stehen still – Deutschlands Zahnärzte haben Kanzler Schmidt mit Streik gedroht!", „Evangelische Pfarrer arbeitslos", „Filmstar Ingrid von Bergen – Zellennachbarin Vera Brühnes" und so fort. No, sie schreien ganz schön markt, die Bundesboulevardiers, denk' ich mir, und da kommt der Südländer aus dem Nebel der rauchgefüllten Zelle, ich – mutig war ich immer – stürme hinein, wähle und bin für ein paar Minuten mit der Stimme daheim.

Nebel umhüllte mich auch in der Sauna in Erlangen, als ich die Schwitzkammer betrat. Ein Saunist, krebsrot und schlohmähnig, erhob sich, schüttelte mir die Hand und sagte: „Schön willkommen, Herr Schwejk! Auf der Straße hätten wir Sie vielleicht nicht erkannt, aber hier, so im Adamskostüm, sofort.“ Ich bin mir vorgekommen wie der „Nackerte im Hawelka“!* Aber hilfreich, wie man hierzulande ist, zog man mich aus dem Krater der Verlegenheit.

Ich sehe übrigens überall hilfreiche Menschen hier in Franken. Sexläden heißen Ehehilfsläden, Leichenbestattungen: Trauerhilfe!

Aber der Wagen, der rollt – das kennzeichnet für mich die vergangenen Tage und wird wohl auch das Motto der nächsten Monate sein. Die Szenen passen nicht zusammen. Auf der einen Seite das wunderschön wiederaufgebaute Goethehaus in Frankfurt am Main, das Stehpult, an dem der Olympier seinen „Götz“ geschrieben hat – auf der anderen Seite deutsche Terroristenszene mit Mord und Totschlag. Man ist verwirrt, erschreckt und verbittert.

Ich besuche Trimberg bei Bad Kissingen, denke an Süßkind und seinen Sänger Friedrich Torberg und finde die Burg verschlossen. „Privatbesitz – Vorsicht, Selbstschüsse“ steht in Deutsch und Englisch an der Pforte. Betreten verboten! Be-

* Titelheld eines Liedes über den seltsamen Gast im Kaffeehaus des Leopold Hawelka in Wien. (Anmerkung für bundesdeutsche Leser.)

treten ziehe ich ab, stolpere Weinberge hinunter und lieblich betrunkenen Spaziergängern in die Arme.

Ich bin unsagbar traurig, denn nicht nur das Barometer, auch andere Zeichen scheinen mir auf „Sturm“ zu stehen. Was ist nur los mit unserem Kontinent? Sind ein paar Jahrzehnte Frieden und Wohlstand wirklich genug? Sind die Menschen des vollen Bauches überdrüssig, oder hat sie das Gefühl des Sattseins das Denken verlernen lassen? Das Sprichwort der Alten, das da aussagt, ein voller Bauch studiere nicht gern, scheint sich zu bestätigen. Dabei verkünden Umfragen in München, Augsburg und Fürth, daß achtzig Prozent der Bürger dieser Städte befürworten, daß die Theater weiterhin aus Steuergeldern subventioniert werden. (Merk's Wien!) Das ist doch wieder ein positives Zeichen, nicht wahr?

Ich sagte es schon – die Szenen passen nicht zusammen. Es ist, als ob zwei Stücke mit extrem verschiedenem Inhalt zugleich auf einer Bühne gespielt würden. Man muß höllisch aufpassen, daß da nicht plötzlich einer kommt und den Vorhang herunterreißt. Vielleicht sogar den Eisernen.

In besorgter Verwirrtheit und verwirrter Besorgtheit suche ich nach einem beruhigenden Thema. Wo finde ich es? Ja, man könnte hier schon Witzchen reißen. Jede Menge. Fahr' ich

Also: 1943 – Karst! Sie wissen schon – Jugoslawien, viele Felsen und wenig Bäume! Oben am Plateau Sträucher und darin versteckt Partisanen.

Fünf Uhr früh. Da kriecht ein Melder die Halden hoch, sieht den Anführer und rennt laut schreiend auf den Mann zu: „Genosse Kommandant – Genosse Kommandant!" Der erschrickt furchtbar und flüstert: „Scht, scht! Sei leise, da unten schlafen die Deutschen."

Fünfunddreißig Jahre später! Ein Luxushotel in Dubrovnik, blaues Meer, viel Eleganz. Der Kommandant ist inzwischen Direktor des Hotels geworden, ein soignierter, fleißiger Herr, der schon von fünf Uhr früh an nach dem Rechten und dem Linken sieht. Da fährt ein Lieferwagen vor – der Melder von einst ist der Chauffeur. Der schaut, sieht den Direktor und freut sich. Sein Kommandant! Er rennt auf ihn zu und schreit: „Genosse Kommandant, Genosse Kommandant!" Darauf der Direktor wie vor fünfunddreißig Jahren: „Scht, scht! Sei ruhig, dort oben schlafen die Deutschen!"

doch die „Verdauungslinie" entlang: Essen – Dortmund – Pforzheim – Darmstadt. Durch das Radio erfahre ich, daß drei amerikanische Arbeiter in einem chemischen Werk, das Antibabypillen erzeugte, durch Einatmen weiblicher Hormonstoffe einen Busen bekommen haben. Auch hat unser Kulturcontainer gerade den Ort Lorsch durchquert. Lorsch! Klingt so wie eine Telegrammadresse. Götz von Berlichingen, Lorsch, BRD. Aber der Ritter mit der eisernen Hand hauste doch in Jagsthausen.

Immer wieder robben meine Gedanken zurück zu den Gräßlichkeiten der letzten Tage. Wer sind denn diese Leute, die da mordend, entführend und bombend durch die Gegend rasen? Verkommene Rauschgiftler aus den tiefsten Abgründen der untersten Sozialschichten? Nein, es sind junge Menschen aus dem sogenannten gehobenen Kreis. Pastorentöchter, Söhne eines Bundesbahnoberamtsrates, eines Vizepräsidenten am Oberschulamt und eines Betriebsinspektors. Kein Wunder, daß die Gedanken hinüberspringen über den großen Teich zur Tochter eines Zeitungskönigs, die sich als Bankräuberin von den Mühsalen väterlicher Partys zu erholen suchte. Verkehrte Welt? Nein, nur die Szenen passen eben nicht zusammen. Ich finde mich nicht zurecht.

Ich will, ich muß mich zusammenreißen. Beim Turnen, beim Essen und beim Verzweifeltsein. Ja, auch beim Turnen. Seit zwei Wochen betreibe ich wieder Leibesübung. Liegestütze in der Früh, Kopf- und Rumpfdrehen, Arme und Beine ausschütteln. Und es zeigen sich auch schon die ersten Erfolge. Seit ich turne, hab' ich wieder richtigen Appetit und bereits zwei Kilo zugenommen. Ich sag's ja – nix paßt zusammen.

Und wenn nix zusammenpaßt, dann schreibe ich auch noch diese Gedanken nieder

Überall liegt der Karneval, die Fast- oder Fasnacht in den letzten hysterischen Zuckungen. Todernste Narren wälzen ihre prallen Hintern schweißtriefend auf bereits blankgeschunkelten Bänken herum und verkünden heiser: „Mainz bleibt Mainz!", und das ist ja das Beängstigende.

Schlimm genug, daß Wien Wien bleibt? Man kann da auch anderer Auffassung sein. Ich liebe Wien sehr, und mit zunehmender Entfernung werden die Bande immer enger. Ich spür' es: Wien wird bei Nacht erst schön, aber am schönsten ist es, wenn man nicht dort sein kann.

In Stuttgart hat mir eine Karnevalsgesellschaft das Goldene Mikrophon überreicht. Hans Hömberg, der verehrte Wortspieler und Satzdrechsler, darf jetzt du zu mir sagen. Besonders lustig war, daß dort der Präsident der Wiener Faschingsgilde – das sind die mit dem Lieben Augustin – als Ehrengast anwesend war, und die Stuttgarter Narren ganz narrisch auf die Wiener Narrenorden sind. Und uns Österreichern wirft man vor, ordensgeil zu sein? Da hört sich ja alles auf!

Zum Glück auch die tollen Tage. Am Aschermittwoch wird der Wirbel zu Ende sein. Gott sei Dank. Die Faschingsprinzen werden wieder biedere Fleischhauer, Bäcker, Hemdentandler sein, die Prinzessinnen werden hinter ihre Verkaufspulte zurückkehren, und die Prinzengarden werden sich zur Ausnüchterung tagelang auf den Balkon hängen müssen. Aber schon ein paar Wochen später treten die Elfer-Räte zusammen, um den nächsten Wirbel zu planen. Offen nach allen Seiten, werden sie die Patschhanderln ausstrecken, und die Mark wird rollen. Denn Prinz zu sein kostet und bringt Geld und ist ja auch was Schönes. Manche sollen ein Leben davon zehren. Ich kenne einen, der vor fünfzehn Jahren Prinz Karneval in einem Provinznest war und sich noch heute mit Durchlaucht anreden läßt. Gegönnt!

Im Aristokratenklub, der neu gegründet ist, wird ein Fernsehapparat hereingetragen. Farbfernseher. Ein sehr alter Herr fragt: „Ja, was ist denn das?" Die Antwort: „Das ist was Fabelhaftes. Farbfernsehen! Das bringt die Welt ins Zimmer." Man dreht auf, ein Fußballspiel ist im Gang. „Ah!" schreit der alte Herr, „das ist ja köstlich. Da rennen die Mandl auf einer Wiese umeinander. Was ist denn das?" Die Antwort eines Jüngeren: „Das ist ein Fußballspiel. Ein sehr bekanntes und beliebtes Spiel, weißt! Da spielen immer zwei Mannschaften gegeneinander." – „Aha", meint der Alte, „und wer spielt heute?" Darauf die Antwort des Jüngeren: „Österreich – Ungarn." Darauf der Alte: „Fesch, fesch. Und gegen wen spiel'n wir?"

SCHERENSCHNITTE

Sie haben Freunde, ich habe Freunde – alle haben wir unsere Freunde, unsere Kollegen. Unsere guten Bekannten. Es gibt aber auch andere Menschen, die unseren Weg kreuzen, ferne Karrieren oder kleine Tragödien, die wir nur ahnen können.

Unlängst, da saß ich in einem Restaurant – in einem, das man in der High Snobiety ein „feines" nennt. Solche Lokale, die außer einen für viel Geld recht zu verhätscheln noch anderes im Schilde führen. Meistens irgendwas mit „Goldener" oder „Krug" oder „Hirsch" oder „Schloß" oder was Ähnliches. Also, da sitz' ich, und unweit von mir spielt ein junger Mensch Klavier. Er ist hörbar begabt, spielt Opernmelodien, Jazz, Sweet Music, und läßt hin und wieder ein paar Takte einer Symphonie einfließen. Barbar – werden da manche Leute sagen. Mir hat es gefallen.

Der Pianist

Und dann denk' ich nach, was denn mit dem Pianisten los ist. Er ist jung und wird hier wahrscheinlich sein Studium verdienen wollen. Aber was ist mit denen, die schon älter sind und in irgendwelchen obskuren Lokalen musizieren? Es geht doch niemand ins Konservatorium, es lernt doch niemand ein Instrument, um dann als Nachtlokalmusiker, als Heurigenspieler sein Leben zu verbringen. Jeder wollte doch einmal ein zweiter Yehudi Menuhin werden, ein zweiter Gulda, ein neuer Rostropowitsch. Also: umsonst gelebt?

Der Geistliche

Tags darauf sitze ich einem anderen jungen Mann gegenüber. In einem verrauchten Dorfwirtshaus. Ohne Klaviermusik. Der junge Mann trägt einen Rollkragenpullover, hat abgearbeitete Hände, an einem Finger fehlt die Kuppe, der Nagel ist verletzt. Ich rede mit ihm, diesem drahtigen kleinen Tiroler, über Gott und die Welt. Im wahrsten Sinne des Wortes, denn er ist der Pfarrer der Ortschaft, in der das klavierlose Gasthaus steht. Arbeiterpriester ist er gewesen, vier Jahre Schlosser und nun Pfarrer. Ein weiter, schöner

Weg für einen Dreißigjährigen. Aber schon am Ende der Karriere? Nein, es geht bestimmt weiter nach oben mit ihm. Er hat Kraft, Glut und Willen. Und Glauben. Den, den er vertritt, und den an sich.

Mein Freund, der Tierarzt Thomas D.*

Und da fällt mir ein Freund ein: Arbeitet wie ein Pferd. Tag und Nacht. Ist im Ausland anerkannt, publiziert, wird gefilmt und als Genie gefeiert. Aber hier? ... Ach ja, die Patienten schon, die Herrln und Frauerln, deren Lieblinge er gerettet hat. Aber ...? Ja, aber. Die anderen? No ja, schon suspekt, ein Mensch, der so fleißig ist. Der seinen Beruf mehr liebt als seine Freizeit. Und noch dazu: er ist nicht hier geboren, sondern in einem andern Land, nur sechzig Kilometer entfernt. Freiwillig hergereist. Aus politischen Gründen. Zuagraster, fleißig und erfolgreich? Das ist zuviel. Da glotzt er fassungslos aus den Larven: der Neid. Die grausigste Nationaleigenschaft unseres Volkes. Neidgenossen nennen sie uns in der Schweiz.

* Für tierfreundliche Leser (zwecks Vermeidung von billiger Werbung): Er heißt David und ordiniert auf der Wieden. In Wien.

Nicht ganz zu unrecht. Da lebt man ruhig und beliebt so im Kreise seiner Mitösterreicher, man arbeitet, ein bisserl mehr als der Durchschnitt, so zehn bis sechzehn Stunden im Tag, man ist vielleicht begabter, hat mehr Glück. Denn das alles gehört zum Erfolg dazu, und dann, auf einmal, da klappt es. Der große Wurf ist da. Bravorufe? Schulterklopfen? I wo! Nur Geflüster hinter der vor- und aufgehaltenen Hand. Weil er a Roter, a Schwarzer, a Blauer ist. Weil er den oder den kennt. Protektion, Schiebung, Ellbogen! Neid, Nichterkennenwollen, daß da einer nach unsäglichen Mühen sich durchgesetzt hat. O Österreich, Heimat bist du auch kleiner Söhne. Wenn in Amerika einer einem zeigen will, was er für ein Bursch ist, zieht er den Lohnstreifen aus der Tasche. Je höher der Betrag, desto besser. Bei uns tut man besser dran, sein Einkommen nur der Steuer mitzuteilen, wenn es über dem Existenzminimum liegt, und Schuhe, die mehr kosten als Filzpatschen, sollte man füglichst nur zu Hause tragen.

Was man liebt, muß man auch kritisieren dürfen, aber gewisse Dinge wird man einer Nation sehr schwer abgewöhnen können. Das dauert lang und erfordert Geduld. Vorurteile sind schlimmer als die Masern. Schon unsere Vorväter sangen das gemütliche Liedl: „Der Mensch, der Mensch, der Mensch is' ka Krowot." Antisemitismus, Los von Wien, Katzlmacher, Tschusch, Falscher Böhm, G'scherter – ich frag' mich, wie wir nebeneinander und miteinander leben können. Trotzdem. Vielleicht, weil die Jugend schon gescheiter ist, offener, toleranter.

Ich würde mein Land so gern ohne Makel sehen. Ich will, daß wir besser, klüger sind als die anderen – daß wir stolz lachen können über die anderen. Über ihren Unverstand. Zum Beispiel über jenen liebenswerten, frisch eingelangten Amerikaner, der über uns nichts, aber auch gar nix gewußt hat. Ich wünschte, er möge niemals vergessen: Österreich ist ein Nachbarstaat Jugoslawiens, und in den Alpen leben keine Känguruhs, sondern nur jodelnde Gemsen.

In der alten Monarchie, als nicht nur Böhmen, sondern auch Galizien noch bei Österreich war, kommt in ein kleines Schtädtel die Musterungskommission. Ein paar stellen sich, ein paar laufen in die Wälder, und ein paar verstecken sich im Ort. Soldaten durchstreifen die Gegend, da sehen sie aus einem Heuschober ein Paar abgetretene Absätze hervorschauen. Sie fassen zu, ziehen an. An den Absätzen hängen Stiefel, in den Stiefel stecken Haxen, und an diesen beiden hängt ein uralter Mann. Mit langem Bart und trüben Augen. Der Korporal lacht und meint: „Aber Vaterl, warum versteckst du dich denn – in deinem Alter kommst du bestimmt nicht mehr zum Militär." Da schaut ihn der zitternde Greis ungläubig an, dann huscht ein verlegenes Lächeln über sein Gesicht, und er murmelt mit niedergeschlagenem Blick: „Verzeihen Sie, Sie haben sicher recht, aber ich habe mir gedacht, vielleicht brauchen Sie auch einen General!"

Kennen Sie Amerika? Ich noch nicht – ich höre nur ...

Amerika hat natürlich viele Gesichter. Wie alles. Vernehmt zum Beispiel diese Geschichte: In der Untergrundbahn in New York sitzt ein Neger und liest in einer Zeitung, die in hebräischen Buchstaben geschrieben (respektive gedruckt) ist. Da beugt sich ein kleiner Mann zu ihm und flüstert: „Neger allein genügt Ihnen nicht?"

An diesen melancholischen Scherz mußte ich denken, als ich las, daß der große Sammy Davis in Wien gastierte. Er, der kleine, wie er selbst sagt, häßliche Neger, ist auch Jude. Gehört somit, in Amerika, gleich zwei Minderheiten an – und trotzdem. Trotzdem! Trotzdem hat er es geschafft. Ist durch Fleiß und Können der Welt bedeutendster – und bestbezahlter – Showstar geworden. Trägt Glitzerchen, die Millionen kosten, an den schwarzen Fingern. An Fingern, mit denen er gleichzeitig Millionen für wohltätige Zwecke hinblattlt. Einer, der sich des Reichtums und des Erfolges freut, öffentlich freut, und trotzdem die – wie heißt es doch – „Verdammten dieser Erde“ nicht vergißt. Ein seltenes Exemplar Mensch, von ganz unten kommend und dies nicht vergessen habend. Ein Mensch, der seine Häßlichkeit durch Menschsein ins Gegenteil verkehrt. Ja, Leute, dieser kleine schwarze Jude ist das, was ich mir unter Mensch vorstelle. Einer mit allen Fehlern und allem Positiven, die diese haben sollen, können und dürfen. Einer, an dem sich manche, die so liab, so guat und so brav sind, ein Beispiel nehmen sollten. Ich erlaube mir, hier in aller Öffentlichkeit vor Herrn Sammy Davis junior den Hut zu ziehen. Chapeau!

Solche Künstler werden von der strengen Präzision und der Perfektion des amerikanischen Show-Geschäfts hervorgebracht. Vor ein paar Tagen durfte ich so eine Show erleben. Natürlich nur im TV. Die Eine-Million-Dollar-Show. Mit Liza Minelli, Bing Crosby und vielen anderen. Es war großartig. Zum ersten Mal habe ich gesehen, daß Show im TV auch Kunst sein kann. Himmlische Bilder, tolles Licht, Allroundkünstler und

Farben wie auf Fotos von David Hamilton. Dagegen sind die europäischen Schaumacher arme kleine Hottentotten, die ihre Häupter verhüllen sollten, statt frech zu rufen: „Darf ich mitspielen?“ (Ich nehme mich da auch nicht aus – sondern bei der Nase.)

Wie eine Kavalleriebrigade in vollem Galopp donnerte dieses Musik-, Tanz- und Bildkunstwerk über mich hinweg, und auch die Rettungsringe – Lipizzaner, Sängerknaben, Neujahrskonzert und wie sie alle heißen – halfen nichts im Meer von Tränen, die ich vergossen habe in der Erkenntnis, daß wir so etwas in Europa nie werden zustande bringen können. Schade. Na, dafür haben wir kein Watergate und keinen Lockheed-Skandal – wollte ich mich trösten. Nun, das können wir vielleicht auch erreichen, aber auch da werden wir uns anstrengen müssen – mit den geringen Mitteln, die uns zur Verfügung stehen.

Herr Sammy Davis junior gehört zu den Leuten, die unsere graue Zeit munter machen. Gott sei Dank steht er nicht allein. Ich kenne noch ein paar andere dieser erfreulichen Sorte. Sie alle könnten einander gegenseitig das Wasser reichen. Was sie sogar – wenn sie einmal in einem Kaffeehaus beisammen sitzen sollten – ohne weiteres tun.

Ein Mann geht zu einem Zahnarzt und sagt, er brauche eine neue Brücke im Oberkiefer. Was das koste. „1200 Dollar", meint der Zahnarzt. „Zuviel", schreit der Mann und rennt davon. Beim nächsten Zahnarzt erlebt er, daß der nur 1000 Dollar verlangt, beim dritten 500, und der vierte verlangt gar nur 200 Dollar. Bei dem will er bleiben, und er fragt ihn: „Sagen Sie, wenn ich 200 Dollar bezahle, wird mir die Brücke passen?" Darauf sagt der Zahnarzt ganz frech: „Schauen Sie, da drüben arbeitet ein alter Herr, dem hab' ich vor zehn Jahren eine Brücke für 200 Dollar gemacht. Fragen Sie ihn doch, wie ihm diese Brücke paßt." Der Mann geht vom Zahnarzt weg, hinüber über die Straße, spricht den alten arbeitenden Mann, ihn beim Gartenrechen störend, an und sagt: „Hallo, Freund. Sie haben da drüben eine Brücke machen lassen. Für 200 Dollar. Wie ist diese Brücke?" Drauf schaut ihn der andere trübselig an und sagt: „Hören Sie zu: Vor zehn Jahren habe ich mir die Brücke machen lassen. Dann habe ich so ungefähr vor vier Jahren einmal meinen Sohn besucht. Er hat ein wunderschönes Haus, er ist ein reicher Mann und kann sich alles leisten. Er hat natürlich auch einen Swimming-pool. Ich hatte keine Schwimmhose mit, bin hineingesprungen ohne Schwimmhose. Kaum war ich drin, kommt ein vierzehnjähriges Mädchen, das war mir sehr peinlich, zu mir und sagt: ‚Hello, old man, darf ich zu dir ins Wasser kommen?' Natürlich hab' ich ja gesagt. Sie sprang zu mir hinein, schwamm zu mir und schaute mich an. Ich habe mich schamvoll umgedreht, und da hat mir die Kleine ihre Hand auf den Popo gelegt und gesagt: ‚Hello, old man, warum bist du denn so schamvoll?' Da hatte ich ein unerhört angenehmes Gefühl. Seit vielen Jahren zum erstenmal ein angenehmes Gefühl in meinem ganzen Körper. Und sehen Sie, diese drei Minuten waren in den letzten zehn Jahren die einzigen, wo mir diese Brücke nicht weh getan hat."

Denk- und andere mäler

Manchmal beneide ich mich direkt um die Leute, die ich kenne. Zum Beispiel um den Friedrich Torberg. Zuletzt trafen wir uns im Zeichen des großen Fritz. Ich meine jetzt nicht den Fritz Torberg und schon gar nicht den Zweiten Friedrich aus Preußen. Sondern Fritz Herzmanovsky-Orlando.

Ort der Handlung: die Botschaft der Bundesrepublik Deutschland. Ein mittelgroßer Empfang zum Saisonbeginn, und als Vorspeise sozusagen eine Dichterlesung: Werke unseres großen Fritz. Ist Seine Skurrilität Herr Herzmanovsky-Orlando schon ein Ereignis für sich, so wurde der Abend zu einem elementaren solchen durch den Vortragenden. Friedrich Torberg entpuppte sich als hinreißender Interpret des von ihm zu neuem Leben erweckten Autors. Die anwesenden Bühnenkünstler mögen, so wie ich, gedacht haben, daß es für uns alle ein großes Glück ist, daß Torberg ein Mann der Feder wurde, denn als Schauspieler hätte er ebenso eine Riesenkarriere gemacht, und die Konkurrenz in unserem Geschäft ist eh schon groß genug. So aber konnten wir uns neidlos dem Genuß hingeben und am Ende in jubelnden Applaus ausbrechen. Als Bub schon habe ich den „Schüler Gerber“ kennengelernt. Und heute noch bin ich – wie schon gesagt – mit dem Süßkind von Breitenfurt befreundet. Daß jetzt mein Fritz auch das deutsche Verdienstkreuz bekommen hat, macht mir Freude. Bei ihm kann Frank Fischer nicht schreiben: „Herr Jesus trug ein großes Kreuz, und du trägst jetzt ein kleines. Herr Jesus trug seins unverdient, genauso wie du deines.“

Ein anderer, auf den ich stolz bin, ist ein Original. Seitdem er mir die Hand geschüttelt hat, hör ich nicht auf, mich zu feiern: Ich habe ein Original kennengelernt! Es ist ein bißchen dick – dicker noch als ich –, witzig, gescheit, bärtig und völlig normal. Nebenbei ein hervorragender Autor, ein glänzender Schauspieler, ein ausgezeichneter Witze-Erzähler – und heißt Peter Ustinov.

Anläßlich der Dreharbeiten für eine Sendung (keine Show!), die ich für das Bayerische Fernsehen in Wien gedreht habe, kam er nach Wien, und wir waren Partner. Bekannte Autoren haben acht kurze Einakter geschrieben, und in jedem spiel' ich eine Rolle mit anderen Partnern. Hannelore Schroth, Barbara Valentin, Elfriede Ott, Gusti Wolf, Herbert Prikopa, Karl Lieven, Hans Richter, Beppo Brem und natürlich mein Freund Kurtl Sowinetz sind mit von der Partie.

In einem Einakter von Lotte Ingrisch spielt Soverl einen Totengräber, und Ustinov und ich spielen zwei Strotter. Ort der Handlung: der Friedhof der Namenlosen*. Kurios, daß dieser makabre Ort ziemlich bekannt zu sein scheint. Denn als wir dort drehten, tauchte eine Kollegin vom Theater in der Josefstadt auf, um dem bedeutenden französischen Schauspieler und Direktor des Théâtre National Populaire, Georges Wilson, den Gottesacker zu zeigen.

Neben seiner Tätigkeit in Sachen Kunst findet dieser Peter Ustinov noch Zeit, Ämterkumulie-

* Wien liegt bekanntlich nicht an der Donau, sondern am Donaukanal. Wo dieser in die Donau mündet, werden – sofern sie Glück haben – die Wiener Selbstmörder ans heimatliche Ufer gespült. Sie werden an Ort und Stelle beigesetzt, und da man die meisten vergeblich nach ihrem Namen fragt, heißt ihre letzte Ruhestätte Friedhof der Namenlosen. (Anmerkung für bundesdeutsche Leser.)

rung zu betreiben und eine bedeutende Rolle in der UNICEF zu spielen. Und den Grund dafür hat er mir erklärt. Er und andere Künstler – keine Politiker, sondern Amateure, wie er sich ausdrückt – sagen bei solchen Sitzungen Dinge, die ein Berufsdiplomat gar nicht aussprechen kann. Aus diplomatischen Gründen. Und wenn die Amateure vorgeprescht sind, dann kommen die Profis und bedanken sich, daß endlich einer einen neuen Gedanken ins Spiel gebracht oder gar die Wahrheit ausgeplaudert hat.

Und der Schmid-Hansl, ist der vielleicht überhaupt nix? Ich bin stolz auf ihn, und stolz auf mich, daß ich ihn kennen darf. Achtzig ist er geworden. Hans Schmid, Cafetier und Schallplattenstar, ein Mensch, der schon zu Lebzeiten ein Denkmal ist – was heißt eines?! Zwei Denkmäler! Ein Denkmal des Wiener Liedes und ein Denkmal seiner selbst.

Das Wiener Lied, oft verlacht, verspottet und ebenso oft gelobt, hat alle Zeiten überlebt. Gute und schlechte. Hat in fetten Jahren den Übermut mit Melancholie gedämpft und flatterte in Notzeiten wie eine Fahne über uns. War Trauermarsch und Siegesfanfare zugleich. Je nachdem. Manchmal schien es, als wäre es endgültig verschwunden, und immer wieder erlebte es erneut seine Auferstehung.

Wer den Schmid-Hansl gehört hat, dem klingt sein hoher Tenor ein Leben lang im Ohr. Ein Greis mit achtzig Jahren am Buckel? Mitnichten! Ein etwas älter gewordener Jüngling mit blaßblauen, lebhaften Augen, die hinter schweren Lidern hervorblitzen. Eine scharfe Nase steht, wie ein nach Grinzing zeigender Wegweiser, im rotädrig schmalen Gesicht. Feinnervige Hände liegen während des Singens, das er am liebsten an Tischen sitzend absolviert, leicht vibrierend auf der marmornen Tischplatte, und von Jahr zu Jahr verinnerlicht sich sein Vortrag mehr und mehr. Unzählige kleine Kunstwerke hat er aus der Taufe gehoben, alte Gstanzeln und Dudler vor dem Vergessenwerden bewahrt. Man muß einen Abend bei ihm verbracht haben. Unprätentiös und gemütlich ist sein Lokal, unverwechselbar mit seinem etwas schäbigen Vorstadtcharme, ein Lokal, das erst zu leben beginnt, wenn die Heurigenschenken geschlossen haben. Nachtschwärmer aller Gesellschaftsschichten pilgern Nacht für Nacht zu ihm. Für jeden hat er ein freundliches Wort, ein herzliches Servus, ein Busserl für die Damen und das Versprechen: Heut sing' i für di! Wein, Bier, Gulaschsuppe und dann – Bscht! Es wird still im Café, er sitzt nieder, schließt die Augen und singt. Vielleicht ein bisserl Routine, ein wenig Schau am Anfang. Aber dann, dann packt's ihn selber, und er lebt mit seinem „Reserl von Wien"*, erlebt alles wieder: der Alte, er wird jung und blättert hingebungsvoll im „Bilderbuch vom alten Wien". Ein Kerl zum Gernhaben, ein echter Weaner.

Es wird ihn immer geben. Denkmäler werden unmodern, aber sie sind unsterblich.

Bei einer Tagung von Vertretern für Kühlschränke rühmt jeder seine Firma und ihre Erzeugnisse. Der Schweizer sagt: „Wir haben einen Kühlschrank entworfen und erfunden, der wunderbar ist. Er ist feuerfest wie kein anderer auf der Welt. Um das auszuprobieren, haben wir hundert Tafeln Schokolade in den Kühlschrank gelegt, haben den Kühlschrank erhitzt, auf Glut gebracht, wieder abgekühlt, aufgemacht, die Schokolade war aber nicht weich."

Der Deutsche erzählt: „Wir haben einen Kühlschrank erfunden, da haben wir 10.000 Mark in Hundertmarkscheinen hineingelegt, haben den Kühlschrank glühend gemacht, abgekühlt, aufgemacht, die Geldscheine waren nicht einmal geworfen."

Darauf der Österreicher: „Und mir habn an Eiskasten, der schlagt alles. Wir haben einen lebendigen Hahn in den Eiskasten hineingetan,

* Aus den Geschichtsbüchern als Kaiserin Maria Theresia bekannt. (Anmerkung für bundesdeutsche Leser.)

haben den Eiskasten erhitzt, auf Weißglut gebracht, abgekühlt, aufgemacht, der Hahn war tot."
Da schreien die anderen zwei auf: „Na also!"
Lacht der Österreicher: „Ja, aber erfroren!"

Und nun zu einem anderen Wiener Künstler.

Wer, so wie ich, seit etwa vierzig Jahren Wiener Bälle zu besuchen veranlaßt ist, kann da immer einen kleinen, dicklichen Herrn beobachten, der dem aussterbenden Beruf eines Scherenschneiders obliegt. Er schneidet die Profile – meist unprofilierter – Ballbesucher aus schwarzem Papier, oft gar nicht unähnlich, und klebt das Werkchen auf weißen Karton, so daß manch Herrchen sein Mädel in zierlich altmodischer Form wenigstens im Brusttaschel abschleppen kann. Dieser nächtliche Künstler also war mit Schere und Papier auch beim Ball der Meister der glitzernden Steine zu beobachten. Sich höflich verbeugend übte er seine Fertigkeit für ein geringes Honorar aus. Beim Losverkauf erstand er nur ein einziges Kuvert, und mit diesem gewann er – einen Hauptpreis – eine Brosche.

An und für sich ein alltäglicher Vorgang, daß jemand ein Los kauft und einen Preis gewinnt. Nicht alltäglich war die Reaktion des Publikums. Alle haben sich gefreut, und der Scherenkünstler konnte sich, feuchten Auges, auch für stürmischen Applaus bedanken. Wir zwei waren sehr glücklich. Er, der Gewinner, und ich, weil ich eine Begegnung hatte, ein Wiedersehen mit jemandem, den ich schon lange nicht mehr getroffen hatte: mit dem goldenen Wienerherz. Das Wienerherz, das goldene – ich hätte es mir denken können, daß es bei den Goldschmieden am ehesten zu finden ist. Sie wissen das edle Metall zu behandeln und hauen nicht brutal mit dem Vorschlaghammer darauf, bis es kaputt geht – das Gold, das Herz? Wir verstehen uns schon.

Jeden Abend betet der Hausenblas-Seppl vor dem Einschlafen: „Lieber Gott, loß mi in der Lotterie gewinnen." Jeden Abend! Nach zehn Jahren, als er gerade wieder sein Loß-mi-in-der-Lotterie-Gewinnen geflüstert hat, öffnet sich die Tür, und ins Zimmer tritt lichtumflutet eine helle Gestalt. Der Sepp schaut, schreit auf: „Do bist jo – so was! Du weißt, seit zehn Jahren bitt' ich dich, loß mi in der Lotterie gewinnen." Da schmunzelt die Lichtgestalt und sagt: „Ja, ich weiß, seit zehn Jahren bittest du mich immer dasselbe, laß mich in der Lotterie gewinnen – Seppl, gib mir eine Chance, kauf dir endlich ein Los!"

Und bevor ich nun zu dem Mann gehe, der von der Hand im Mund lebt – leider in meinem Mund –, sollen Sie ein Witzlein lesen: Was ist der Unterschied zwischen Prag und Wien? In Wien steht bei einer Fleischhackerei Nowotny, und drinnen is a Fleisch. In Prag steht draußen Fleisch, und drinnen ist nur der Novotný.

Apropos Wiener Herz

Da erzählt mir meine alte liebe Freundin Maria Kieslich folgende entzückende Sache, die so rührend und süß ist, daß sie klingt, als hätte sie eine Tiereckentante erfunden. Aber sie ist nicht erdichtet, sie ist wahr, und dafür bürgt mir die Mirli. Die wird mich doch nicht anlügen – mich, der ich sie einundvierzig Jahre kenne! Sie und ich, wir haben nämlich zusammen Gesang studiert, sollten als Buffopaar nach Ingolstadt ans Stadttheater gehen, rutschten beide in den Simpl-Keller, und dann kam halt der Krieg. Jetzt arbeiten wir wieder gemeinsam. Sie ist eine fleißige, mutige kleine Frau geblieben, die das Brettldasein an den Nagel gehängt hat und eine glänzende Souffleuse geworden ist. Also, der gute Geist vieler Vorstellungen und Produktionen. Im TV. TV deshalb, weil man dort nicht im Souffleurkasten sitzen muß, sondern freischwebend sein Amt ausüben kann. (Übrigens war sie immer gegen den Kastengeist, und das scheint sie heute noch zu sein.)

Aber ich will doch gar nicht von ihr erzählen, sondern vom Habakuk! Habakuk ist eine Krähe, die im Burggarten domiziliert und auf einem Baum wohnt, unweit der Wohnung meiner alten Kollegin, die da beim Schillerplatz haust. Diese Krähe ist eine Krähe, wie viele Krähen Krähe sind, nur – sie kann nicht fliegen! Ein Flügel ist verbildet und steif. Trotzdem hat das mutige Tier den Kampf ums harte Krähendasein aufgenommen, hüpft von Ast zu Ast, späht nach Eßbarem und kommt angesprungen, wenn man Käse, Trauben, Brot und Wurst an einer bestimmten Astgabelung hinterlegt. Bis hierher gut und schön. Aber jetzt kommt's:

Was ein Vogel ist – hat sich der Habakuk sicher gedacht – muß doch fliegen können. Und so hat der Schnipfer eine eigene Methode ausgeheckt, bei der ihn seine Behinderung nicht stört. Er hüpft in einem Baum immer höher von Ast zu Ast und läßt sich dann von der Spitze segelnd auf einen anderen Baum hinübergleiten. Staunend stehen die Spaziergänger, die Parkbesucher herum und betrachten das gefiederte Schlaucherl. Was sie wohl mehr bewundern? Seinen Einfallsreichtum, seine Erfindungsgabe oder seinen Mut, es den Gesunden gleichzutun? Mancher mag ein bissel Hoffnung mit nach Hause nehmen und unter seiner Krankheit, seinem Leid, seinem Anderssein nicht mehr so arg leiden. Ein kleiner kranker Vogel als Trostspender, Mutmacher – Vorbild!

Mich beschleicht eine Versuchung. Die Versuchung, zu denken, daß Habakuk gar kein schwarzer kranker Vogel ist, sondern ein verkleidetes Engerl, das den Mutlosen neue Kraft zu geben gekommen ist. Vielleicht pilgern Sie einmal in den Burggarten und schauen selber nach? Sollten Sie Habakuk nicht gleich finden, seien Sie nicht ungehalten. Allein das Wissen, daß es so etwas gibt, macht Freude und gibt Kraft. Und Kraft brauchen wir allemal, egal, ob wir schon oder noch immer fliegen können oder ob man uns die Flügel bereits gestutzt hat. Sie haben diese Kraft nicht? Aber ich bitt' Sie! Natürlich haben Sie sie! Innen drinnen, irgendwo, Sie wissen es nur nicht.

Nicht jeder kann eine Neff sein

Die große Schauspielerin Dorothea Neff war schon lange krank, und trotzdem arbeitete sie, spielte Theater und gab Unterricht. Sieben Augenoperationen schoben das Ende immer wieder hinaus. Einmal aber ging's nicht mehr. Die ärztliche Kunst konnte nicht mehr helfen. Sie wurde blind! Alle waren entsetzt, wie gelähmt. Und wer tröstete uns? Dorothea selber. Sie werde es schon schaffen, hat sie gesagt, Und sie hat es geschafft. Heute, fast fünfundsiebzigjährig, lebt sie ein normales Leben, unterrichtet wieder und spielte sogar einmal eine Rolle, die aus einem Monolog bestand, im Burgtheater. Jetzt erzählt sie oft, daß sie zuerst auch nicht daran geglaubt hat, aber dann alle ihre – bisher unbekannten – Kräfte mobilisiert hat, um das Leid wenigstens teilweise zu besiegen. Ich bewundere und verehre diese Frau und bedaure es sehr, daß sie den Habakuk nicht sehen kann. Niemand wird ihn so verstehen, wie sie es tun würde. Irgendwo sind sie sich sehr ähnlich: die tapfere Frau und der mutige Vogel.

Ein Mann sitzt an einem Weiher und fischt. Ein Ruck an der Angel, und der Mann zieht einen Fisch aus dem Wasser. Keinen gewöhnlichen Fisch, versteht sich, sondern einen aus purem Gold. Schon will der Fischer dem Goldkerl (der etwa drei Kilogramm wiegt) das Gnack abhauen, da spricht das Tierchen: „Laß mich leben, und ich erfülle dir drei Wünsche!" Der Mann überlegt, und dann sagt er nach profaner Menschenart: „Gut, drei Wünsche: Erstens ein sorgenfreies Leben, zweitens Macht und drittens eine schöne Frau." Dann schleudert er mit geübter Hand den Schwimmer in sein Element zurück. Im nächsten Augenblick wacht er auf, in einem herrlichen Zimmer, alles Marmor und Silber, in einem seidenem Bett mit vielen weichen Daunendecken. Er schaut aus dem Fenster, draußen in einem riesigen Garten arbeiten Dutzende Gärtner. Er bestellt das Frühstück, und nach der Morgenzigarette denkt er zufrieden: Und jetzt noch die schöne Frau. Da öffnet sich eine Tapentür, und sie steht da. Genauso, wie er sich im Traum immer die „Seinige" gewünscht hat. Er breitet die Arme aus und ruft: „Komm, komm zu mir." Darauf sie, mit einem zarten Lächeln: „Nicht jetzt, Franz Ferdinand, in ein paar Stunden geht unser Zug nach Sarajevo!"

Reisen, die Geld bringen

Ich muß Ihnen, lieber Leser, ein Geständnis machen: Ich bin ein großer, ja begeisterter Fern-, aber auch Nahfahrer. Ich liebe das, was man in der Bundesrepublik einen Tapetenwechsel nennt. Man hört und spricht andere Sprachen, der Blickwinkel weitet sich, man sammelt Ein- und Ausdrücke und speichert, bei allem Genuß des Fremden, soviel Sehnsucht und Heimweh, daß man es ohne Mühe und Anstrengung ein Jahr – also bis zum nächsten Urlaub – daheim aushält.

Daheim ist es doch am schönsten. Und Wien ist doch die prächtigste Stadt, schrieb Freund Poldi Z. (bürgerlicher Taschelpicker* aus Mariahilf) aus London, und sogar der weit- und weltreisende Burgmime Johannes Schauer, der glänzenden Auges von Südamerika, Fernost und Afrika zu berichten weiß, bekommt einen noch helleren Blick,

* Leopold Zborka, Erzeuger von Reptilienledertaschen, die gekauft werden.

wenn er von seinem Häusl in Niederösterreich erzählt.

Ja, warum, Teuxl hinein, fahren die Menschen denn unentwegt in die fernsten Länder?

Jeder von uns hat so etwas wie Fernweh in der Brust – Neugier und Wissensdurst paaren sich im Herzen –, und vielleicht ist es auch der Drang nach Sonne und Meer, nach Seeluft und Bergeshöh, was weiß ich. Die ganze Triebfeder aber ist, daß man alles sehen muß, um zu wissen, daß das Paradies auf Erden nur das Fleckerl Erde sein kann, auf dem man geboren und aufgewachsen ist. Wie? Natürlich gibt es Ausnahmen. Sie bestätigen bekanntlich die Regel.

Ich hab' eine alte Großtante gehabt. Hausmeisterin war sie in der Novaragass'n. Sie lebte recht und mehr schlecht, wusch Wäsche für die „besseren Leut'“, und behauptete: „Die Novaragass'n is' die schönste Gass'n der Welt.“ Und der Chlup-Onkel, ein gutmütiger alter „Böhm“, nickte dazu bedächtig mit seinem grauhaarigen Kopf.

Aber hin und wieder trieb es die Chlup-Tant' in die Ferne, weit weg, manchmal bis zu uns auf den Neubau* oder gar bis Schönbrunn. Und wir alle wußten, daß sie ihre „Reisen“ nur unternahm, um ihre Thesen zu zementieren, sich selber zu be-

* 7. Wiener Gemeindebezirk

weisen, daß sie in jedem Fall recht hatte mit ihrem „... die Novaragass'n!“

Da sitz' ich zum Beispiel im spätsommerlichen Niederösterreich und frag' mich: Gibt es denn was Schöneres? Die Sonne tut das, was sie schon lange nicht getan hat, nämlich ihre Pflicht. Sie scheint! Die Zwetschken hängen reif an den Bäumen, Sonnenblumen zeigen ihre Märchengesichter, und die Astern melden rosa und violett, daß der Herbst nicht mehr weit ist. Teufel, wie die Zeit vergeht.

Anton Scheuchlreuter erzählt immer von seinen Reisen, die er im Sommer Jahr für Jahr unternimmt. Und wenn er erzählt, prahlt er: „Mir san mitn Schiff am Südpol gestrandet. Alle Menschen san ins Wasser einegfoin, und nur ich hab mich retten können auf einer Eisscholle. Und wie ich so schau, auf einmal seh ich, es nähert sich mir ein Eisbär. Von der anderen Seite auch ein Eisbär – von vorne wieder ein Eisbär und von hinten – zwei Eisbären. Do hätten S' sehen solln, wie schnell ich auf die Palme geklettert bin.“ Wundert sich ein Zuhörer am Wirtshaustisch: „Was hast Palme? Auf einer Eisscholle steht doch keine Palme.“ Schüttelt der Erzähler den Kopf und meint still: „Waß i, waß i – oba wos hätt' i mochn solln?“

Ich sitz' hier am Land nahe Lerchenau, das wohl viele Ochsen, aber den Ochs aus dem Rosenkavalier bestimmt nie gesehen hat, und warte. Das heißt: Offiziell spiele ich hier in einem Film mit. Aber der Film ist ein nahezu militärisches Milieu, und auch der Filmmensch wartet wie der Soldat die Hälfte seines Lebens leider vergebens.

Das Warten ist des Mimen Last

Warten – das bringt der Beruf so mit sich. Neuerdings kommt nicht das Publikum ins Theater, sondern das Theater marschiert schnurstracks zum Publikum. Und da wartet eben der Theatermensch, bis er angekommen ist. Als wir mit dem Burgtheater im „grünen Herzen" Österreichs unterwegs waren, und die Steiermark schier gar nicht enden wollte, da ist uns fast allen ein Teil unserer Stimme (nicht Stimmung!) abhanden gekommen. Der Kammersaal in Donawitz hat's in sich. Um sich akustisch durchsetzen zu können, müßte man statt der zwei Stimmbandeln, die man im Hals hat, dort zwei Drahtseile einziehen lassen.

Daß beim ersten Abend unserer Reise durch die Bundesländer schon nach sechs Minuten Spieldauer der Strom ausfiel, war nicht vorauszusehen. Da hätten sie sich gleich das Schwarze Theater aus

Prag holen sollen; wir an Lichtfluten und Notaggregate gewöhnten Gaukler brauchten viel Kraft, um den Unterbruch nicht zum Zusammenbruch werden zu lassen. Aber die Zuschauer halfen durch Lachen und Verständnis mit, und so ging es doch einigermaßen.

Marcello, der Prawy, in der Polsterklasse der ersten Reihe sitzend, stürzte – als der Lastverteiler zusammenstürzte – hinter die Bühne und bot sich an, Opernmelodien im Finstern zu spielen. Was hätte der Rettungsengel gespielt, frage ich mich. Mir wären nur Melodien aus „Eine Nacht in Venedig“ eingefallen, und das ist eine Operette.

Von Donawitz ging es weiter nach dem Ort, wo die Mürz zuschlägt, und dann wieder weiter über Stock, Stein und andere ähnliche Reiseutensilien. Es ist interessant, wieder einmal hier zu sein in dem Land, das mir nach Krieg und Gefangenschaft drei Jahre Gastfreundschaft gewährte, Ar-

In der Schule fragt der Lehrer, was die Kinder über Fremdwörter wissen. „Nun du, Loisi – was verstehst du unter einem Viadukt?“ Schaut der kleine Loisi zuerst starr vor sich hin, und dann kräht er laut und vernehmlich: „Wenn grad der Zug darüberfährt, gar nix!“

beit und Sterz bot. Und so gehe ich mit offenen Augen und noch offenerem Herzen durch den Steirischen Herbst. Das Grün (der Tannen) und das Rot (der Laubbäume) passen gut zueinander, und über die alten braunen Blätter auf der Erde geht man in eine beglückende Landschaft hinein. Genug! Ich sehe, ich bin noch immer ein Schwärmer, dem dieses wilde, listenreiche Volk ans Herz gewachsen ist. „Sauwiesau" würde mein Grazer Kollege Seppl Trummer vor sich hinjodeln, kennte er meine Gedanken. Und ich schwelge in Erinnerungen. Der „Igel" in Graz – das erste literarische Kabarett in der Steiermark –, die Geburt meines ersten Sohnes Hans in Graz, Gesichter und Stimmen von Freunden, Schloßberg und Jakominiplatz ziehen wie ein alter Film an mir vorbei. Wir waren ein Haufen junger Leute, vollgestopft mit Plänen und Hoffnungen! Emil Breisach, heute steirischer ORF-Intendant, schrieb die Texte, Franz Paul war der Chef, Walter Koschatzky, heute Regent der Albertina in Wien, spielte am Klavier, Exvolksoperndirektor Moser managte uns, und Ulli Baumgartner, Exfestwochenintendant in Wien, schrieb Theaterkritiken. Heinrich Trimbur, Hanns Obonya, Gretl Elb, die unvergessene Anni Mayer spielten mit mir in ungeheizten Sälen und für zehn Kilo Kohle pro Abend Theater. Erinnerungen – vorbei! War's schön? Ja, doch! Wir waren hungrig, aber lustig, und schon damals fiel der Strom aus. Und der Wein, so man ihn bekam, schmeckte wie heute.

Dick, aber nicht doof

Daß der Wein gut schmeckt, dafür gibt es einen schlagenden Beweis. Man trinkt ihn auch in weinfernen Gegenden. Fern von jeder Reblaus trinkt man ihn sogar noch lieber. In Salzburg, zum Beispiel. Der nächste Tropfen befindet sich im Humpen des Jedermann. Und ob das wirklich Wein ist ...? Ich weiß nicht recht. Jedenfalls stirbt er pflichtbewußt in jedem Sommer auf dem Domplatz, begleitet von seinen wenigen Guten Werken und dem Glauben, die es jedoch vorziehen, bei Regen ins Große Festspielhaus zu übersiedeln. Und wenn der Jedermann stirbt, dann hab' ich im Schnürlregen der Mozartstadt auch etwas zu gaukeln.

Komisch, was es in einer solchen Mozartstadt alles gibt: Mozarthaus, Mozart-Matinee, Mozartorchester, Mozartkugeln – Wolferl, wohin man schaut. Und dabei hat der Meister seine Geburtsstadt und sie ihn gar nicht so sehr lieb gehabt. Aber was tut's, nach so vielen Jahren! In der

Im höhlenartigen Stall zu Bethlehem sitzen sie. Der heilige Josef, die heilige Mutter und ihr Kind. Sie wiegt es sanft und lächelt. Da öffnet sich die Tür, und die drei Weisen aus dem Morgenland treten ein. Der König Kaspar, der große Balthasar und zum Schluß der riesige schwarze Melchior. Aufgeregt wie er ist, knallt er mit seiner mächtigen Stirn gegen den Türpfosten. „Jessas", schreit er, und Josef flüstert zu seiner Frau: „Siehst es – dos is a Namen. Du allerweil mit deinem Hugo!"

WÖK* verkaufens' ja auch einen Kaiserschmarrn ...

Auf der Staatsbrücke wehen jedenfalls die Fahnen, Jedermannrufe hallen durchs Land, die Maestri und Maestrissimi schwingen die Taktstökkerln, und es wird gejettet und gesettet, daß es eine Pracht ist. Musenkinder wirbeln durch die Stadt und hetzen nach der Vorstellung zum nächsten Festspielort, um auch dort zu gaukeln, zu tanzen oder die Zimbeln zu schlagen.

Und wenn man so als Musenkind durch die Stadt hetzt, da kann einem so manches passieren.

* Wiener öffentliche Küchenbetriebsgesellschaft, eine Gründung der Stadtverwaltung, also der „Roten". Trotzdem wird Paradeissauce nicht besonders kultiviert. Verzeihung, Tomatentunke. (Anmerkung für bundesdeutsche Leser.)

O du mein! O du mein Österreich! Fahr' ich da am Sonntag mit meinem Wagen in Salzburg herum, schau, und freu' mich der Schönheit. Ein Pfiff – ein weißbehelmter Mann: „Da derfn S' net fahrn!" Unwirsch droht er mit dem Finger. Ich grüße, er dankt nicht. Eine Stunde später. Ich sitze mit Senta Berger und meinem dünnen Vetter Peter Matić im Festspiel-Mercedes, werde in Kostüm und Maske zum Domplatz gebracht. Derselbe Polizist. Stramm grüßt er den Künstler. (Ich danke nicht!) Er hat sicher nur das Kostüm begrüßt, die Uniform. Da lachen die Steinerchen im Zwerglgarten, so wie ich sie kenne. Da nutzt ka Republik, ka Kreisky, ka nix.

Bei einem Installateur läutet am Sonntagvormittag das Telefon, und es meldet sich der Kinderarzt Dr. Herta:

„Bitte kommen Sie zu mir, mein Klo ist verstopft."

Worauf der Installateur sagt:

„Ausgeschlossen, heute ist Sonntag, und da wird bei uns nicht gearbeitet."

„Ich bin der Kinderarzt, und ich bin auch letztesmal, als ihr Kind krank war, am Sonntag gekommen. Bitte, machen Sie eine Ausnahme bei mir."

„Gut, Herr Doktor, ausnahmsweise will ich

kommen. Ich werde es so machen, wie Sie es bei mir gemacht haben."

Zehn Minuten später erscheint der Installateur beim Kinderarzt, öffnet seine Tasche, wirft eine Aspirintablette ins Klo und sagt: „So, alles andere machen wir dann morgen."

Reisen, die Geld kosten, oder Ich fahre gern nach I.

I wie Irland

Seit ich den Film „Ryans Tochter" gesehen habe, hab' ich das Bedürfnis gehabt, einmal nach Irland zu reisen. Nun ist es geschehen, und ich stelle fest – und das mit großer Freude –, daß selten ein Land seinen „nom de guerre" so sehr zu Recht trägt wie dieses, das man die Grüne Insel nennt.

Mit einem geliehenen Wagen durchstreife ich das Eiland, auf dem es keine Hektik gibt. Die guten, aber schmalen Straßen vereiteln das Schnellfahren, und man rollt beschaulich zwischen Steinmauern, die die Landstraße säumen, dahin. Millionen Fuchsien blühen, knallen einem ihr freches Rot in die Augen, und Wacholdersträucher wedeln gelassen ihren Willkommensgruß. Failtre! (Herzlich willkommen!) Zum Glück ohne Worte, denn mit der Verständigung hapert es allerorten.

Ist schon mein Englisch sehr mangelhaft, so ist die Sprache der Bevölkerung – das Gälische – nicht zu verstehen. Man müßte aus altem keltischen Stamm sein, um hier mitreden zu können. Nun, das ist bei mir nicht der Fall, und so radebreche ich mich mühsam durch – doch der Mimus hilft auch hier. Die Gesten und Gebärden sind international, wenigstens einige, und zwar die wichtigsten. Essen, trinken, schlafen. Das Auge aber braucht keinen Dolmetsch.

Die Landschaft spricht einen an wie kaum woanders. Moore, Torfhalden, Seen und Flüsse – und das Meer! Alles in faszinierenden Farben und beglückender Harmonie. Blaue Wasser, grüne Weiden, weiße Gischt auf der eiskalten See! Man schaut, schaut und muß doch höllisch aufpassen, denn hier wird links gefahren und die Autos sind rechts gesteuert. Zum Glück bremsen Schafherden und Kühe den fahrwütigen Mitteleuropäer. Reizende Schafe übrigens. Weiß, mit schwarzen Haxerln, schauen sie aus wie Internatsmädel mit dunklen Strümpfen.

Gute Hotels gibt es wenige, aber überall wird B. + B. angeboten, was Bed and Breakfast, also Bett und Frühstück, heißt. Wir kennen das ja aus

Österreich, nur gibt man sich bei uns internationaler: Zimmer, Chambre, Room.

Auch der Preis ist bei uns internationaler.

Wenn bei uns der Huber, der Maier, oder gar der Müller vermietet, so ist es hier der Joyce, der Kelly und der Ryan. Ja, Ryans gibt es hier so viele wie bei uns Müllers, und so reim ich mir zusammen, daß „Ryans Tochter" (um nochmals von dem großartigen Film zu reden) schlicht und einfach übersetzt „Der Müller und sein Kind" heißt.

Die Großartigkeit des Großvenedigers läßt sich jetzt auch mit den Klippen von Moher vergleichen, die auf acht Kilometer Länge zweihundert

Eine Maschine ist auf dem Flug nach Amerika. Über dem großen Teich die Stimme aus dem Cockpit: „Ladies und Gentlemen, hier spricht Ihr Captain. Wir sind genau so weit von Europa entfernt wie von Amerika. Über uns der blaue Himmel, unter uns das blaue Meer, Da, wie Sie bemerkt haben, alle Triebwerke ausgefallen sind, bereiten wir uns auf eine Notwasserung vor. Ich bitte die Schwimmer an die rechte Ausstiegstür, von den Nichtschwimmern verabschiede ich mich schon jetzt und hoffe, Sie haben einen angenehmen Flug."

Meter steil ins Meer abfallen. Das Aufregendste aber sind, wie überall, die Menschen. Schmale Leute mit eigenartigen Gesichtern. Die Männer tragen ihr oft rötliches Haar – wenn sie es nicht durch eine Schirmmütze verbergen – als Schopf, der in die Stirn fällt. Man sagt ja, schon Julius Cäsar hat vor den wild- und rotbehaarten Kelten seine liebe Angst gehabt.

Wenn man nicht zu den Österreichern gehört, die auch in Neapel, am Nordkap und in Spanien nach Gulasch oder Schnitzel rufen, kommt man hier auf seine Rechnung. Fische aller Art vom Lachs bis zur Braunforelle, Hummer und Austern gehören zum einfachen Menü. Sechs Riesenaustern als Vorspeise sind keine Seltenheit und werden nicht gesondert berechnet. Es läßt sich also schlemmen, daß es nur so eine Freude ist. Sogar der Kaffee ist trinkbar, vom Tee gar nicht erst zu reden. Der hat britisches Format. Das leugnen nicht einmal die Iren, obwohl sie für die benachbarte Insel nicht viel übrig haben. Stolz sind sie auf ihre selbständige Republik.

Eire! Ein Wort, das den Alltag bestimmt und der Name eines nordischen Labyrinths sein könnte. Gespenster der Vorfahren, verschiedene Geister und Gnomen gehören zum Alltag wie die Höhlen, in die sich die Urbevölkerung verkrochen hat. Irland ist vielfältig und bunt, ist hart und weich zugleich. Es ist so, wie man es sehen will. Nur so, wie es uns die Regisseure auf deutschsprachigen Bühnen zeigen, so ist Irland nicht. Und das ist ein Glück für die grüne Insel und für ihre Besucher. Den Elfen, Gnomen und Feen sei Dank.

Ich fahre gern in Ländern herum, die mit I beginnen. Das muß ich zu meinem Erstaunen feststellen. Irland, Italien, Israel ... Dagegen lockt mich das U überhaupt nicht. Uganda, Uruguay, Ungarn ... halt, halt! Für Ungarn habe ich sogar eine Schwäche, aber es heißt ja auch nicht Ungarn, sondern Magyarorszag. Also ein Land mit M.

I wie Italien

Mein Italien ist kurz und bündig: Venedig in achtundvierzig Stunden. Noch immer will der Markusplatz von Touristen überschwappen, wie ein Lavoir, in das ein Unvorsichtiger zu viel Wasser hineingeschüttet hat. Aber schon in den Nebengassen verbröselt sich die Masse. Die Reisegruppen werden von Restaurants, Trattorias und Kaffeehäusern verschluckt. In den Morgenstunden, wenn die Nebel über den Kanälen liegen, kann man einsam und glücklich durch die Straßen schreiten. Man steigt über maunzende Katzen, gestapelte Zeitungen und offene Mistkübel und sieht sich in einem Gäßchen, das so schmal ist, daß man die beiden Häuserreihen mit den Fingerspitzen gleichzeitig berühren kann, wenn man die Arme seitwärts ausstreckt. Hier steht im Halbdunkel das Geburtshaus des Giacomo Casanova und das Sterbehaus Ermanno Wolf-Ferraris. Um die nächste Ecke lebte der Maler Paolo Veronese, und ein paar Steinwürfe weiter steht der prächtige Palazzo Vendramin, in dem Richard Wagner seinen „Tod in Venedig" starb.

In Venedig kommt ein Witwer zu seinem Pfarrer. „Don Camillo", sagt er, „ich möchte meine Frau, die vorige Woche gestorben ist, beerdigen lassen. Wie soll'n wir's denn machen, was kostet denn das, Padre?" – „Also, mein Lieber", meint Don Camillo persönlich, „da gibt es verschiedene Klassen. Klasse I ein Luxusbegräbnis, der Sarg und der Priester in einer goldenen Gondel, die Angehörigen in einer silbernen und die restlichen Trauergäste in dreizehn schwarzen Gondeln. Das ist aber sehr teuer." Darauf schüttelt der Mann den Kopf und sagt: „Ich hab wenig Geld, wie wär's mit der zweiten, dritten oder vierten Klasse?" – „Wenn du kein Geld hast", sagt der Priester lächelnd, „dann wird dir wahrscheinlich auch die zweite oder die dritte Klasse zu teuer sein und ich kann dir nur raten, die vierte zu kaufen." – „Wunderbar, ottimo", ruft der kleine

Venezianer, „das machen wir, und wie wird das Begräbnis aussehen?" Darauf Don Camillo verschmitzt: „Ganz einfach, Priester und Sarg in der Gondel, die Trauergäste schwimmen hinten nach."

An dieses Ereignis mußte ich denken, als ich abends im Café Florian saß und eine sechs Mann starke, altösterreichisch anmutende Kapelle (mit Stehgeiger und so, wie es sich eben für ein Konzertcafé gehört), ein Stückel von Mahlers Fünfter Symphonie spielte. Diese „Filmmusik" gehört heute ebenso zum Repertoire der Kaffeehauskapellen am Markusplatz wie der Donauwalzer und „Wien, Wien nur du allein". Mit dem beglükkenden Gefühl, doch noch ein Fleckerl heile Welt entdeckt zu haben, schlendert man trotz müder Wadenmuskeln zum Hotel. Man läßt den Tagesablauf Revue passieren, lächelt über die erlebten Geschichten.

Draußen in Torcello, zum Beispiel, der alte Gondoliere! In Maske – versteht sich – mit rotbebändertem Strohhut und weiß-blau-gestreiftem Ruderleiberl. Werbend und klagend rief der Alte: Gondola! Gondola!

Zwei Amerikanerinnen ließen sich erweichen, nahmen Platz. Da zog das alte Schlaucherl einen Teppich zur Seite, ein Motor wurde sichtbar – er ließ ihn an, setzte sich ans Steuer, und los ging's! Ein italienischer Herr neben mir: „Un gondoliere della formula una."*

Oder der Aufruf des Sindicato von Venedig! Des Bürgermeisters. In fünf Sprachen wird den Touristen mitgeteilt, daß es verboten sei, auf Gehsteigen und Kirchenstufen zu schlafen, Instrumente und Karten zu spielen usw. Das Manifest schließt mit dem bemerkenswerten Hinweis: Auf jeden Fall ist es untersagt, sich unanständig zu benehmen. Lieb, was?

Lieb vom Herrn Bürgermeister wäre es auch, wenn er gleichzeitig ein Verbot erließe, deutschsprechende Devisenbringer anzustänkern. Mir widerfuhr dieses auf einer Fahrt vom Lido in die Stadt. Ein (das hat mich am meisten gestört) etwa fünfzehnjähriges Mädchen ließ einen Redeschwall auf mich niederprasseln, der von dummen Beleidigungen nur so strotzte. Dreckiger Deutscher, Nazi, Faschist, Kappler-Freund, Mörder und so ähnliches. Sie können sich vorstellen, daß ich mich da sehr aufgeregt habe. Da kommt man als Demokrat in ein demokratisches Land, wird als alter Antifaschist von Kindern beleidigt, die natürlich nicht wissen können, daß man schon in faschistischen Kerkern saß, als ihr Erzeuger noch mit er-

* Auf südtirolerisch: „Ein Gondoliere der Formel I."

Auf einer Galeere sitzen zwei Galeerensträflinge, arbeiten schwer am Ruder, der Schweiß rinnt ihnen in Strömen herunter, sie sind mit Ketten aneinandergefesselt, auch die Füße sind verschnürt. Muskeln spannen sich, Rücken krümmen sich. Brutale Aufseher gehen schreiend und peitschenschwingend durch die Reihen der schwer arbeitenden Männer. Von Zeit zu Zeit fällt klatschend ein Peitschenschlag auf die nackten Rücken. Da seufzt einer der bedauernswerten Sträflinge: „Jetzt geht mir die ganze Sache schon wirklich auf die Nerven." Sagt ein Nebenmann: „Was? Daß der immer herschlägt?" Antwort: „Nein, daß Sie immer Sportsfreund sagen zu mir, Sie Trottel!"

hobener Hand im Schwarzhemd die „Giovinezza" sang und sich nachher mit dem Dolch der Bewegung die Fingernägel ausputzte.

Daher würd' ich dem Herrn Bürgermeister von Venedig – schon im Interesse seiner Stadt, ihres Fremdenverkehrs und ihres Renommees – raten, einschlägige Plakate affichieren zu lassen. Denn, so scheint mir, die Klänge des Donauwalzers am Markusplatz könnten sonst die Gefühle des Gastes nicht beruhigen, seine Gedanken nicht im Takt des Walzers schwelgen lassen. Sie könnten bewirken, daß der verträumte Fremdling seine Venedig-Besoffenheit abstreift und glasklar zu denken beginnt. Nachzudenken beginnt über die historische Mitschuld unseres südlichen Nachbarn. Oder sollte ein Teil der so liebenswerten italienischen Bevölkerung vergessen haben, daß dieses Volk neben Männern wie Marconi, Verdi und Nobile auch einen Tolomei und einen Mussolini hervorgebracht hat? Daß Italien das erste faschistische Land Europas nach dem Ersten Weltkrieg war, und daß die ehrenwerte Gesellschaft der Mafiosi nicht von diesseits der Alpen ihren Siegeszug angetreten hat? Ich weiß schon, daß das Bewältigen der zuerst glor-, jedoch dann sehr schmachreichen Vergangenheit nicht leicht ist. Mit zügellosen Schimpfkanonaden geht's bestimmt nicht. In Deutschland nicht, bei uns nicht, und schon gar nicht in Bella Italia.

Da sitzen zwei auf einer Bank, und sie sagt: „Hör auf, mein Mann wird das nicht wollen." Darauf er ungerührt: „Ich will's ja auch nicht von deinem Mann – ich will's von dir!"

„Wenn ich Sie jetzt, meine Gnädigste, verführen werde“, flüstert ein Jüngling am Strand zu seiner Angebeteten, „werden Sie um Hilfe rufen?“ – „Nur, wenn Sie diese Hilfe wirklich brauchen“, haucht sie ergeben zurück.

Scheich Ibrahim der Sonnige stürzt eines Abends in sein Frauenhaus, versammelt seine dreihundert Gattinnen um sich und teilt ihnen blitzenden Auges mit: „Kinder, seid's mir nicht bös, ich hab' mich in einen anderen Harem verliebt.“

Ein älteres Ehepaar geht durch den Zoo. Da biegt ein Gorilla die Stäbe seines Käfigs auseinander, stürzt ins Freie und direkt auf die spazierende Dame los. Der Mann geht ungerührt weiter. Da hört er, wie seine Frau, vom Gorilla bereits in die Arme geschlossen, schreit: „Julius! Julius! Rette mich! Der Gorilla will was von mir!“ Da dreht Julius sich um, grinst breit und ruft über die Schulter: „Schrei nicht so, sondern sag' ihm das, was du mir immer sagst. Sag' ihm, du bist müde.“

In Israel fühl' ich mich da ganz anders. Was ja verständlich ist. Da bin ich halb zu Hause, denn das Zuhause ist mir nach Israel vorausgefahren. Allerdings ändert sich auch dort immer wieder viel – zum Guten und zum Schlechten. Jedenfalls, ich habe meine alten Freunde wiedergesehen, mit meinen Schulfreunden Walter und Kurtl geredet, gelacht und geheult.

Unser Botschafter in Israel hat, als er erfuhr, daß ich für einige Tage ins Land komme, die Gelegenheit und mich beim Schopf gepackt und mir geschrieben: „Lieber Freund! Wir betreuen hier, soweit es in unserer Kraft steht, ein sogenanntes Elternheim. Dort leben sechzig Altösterreicher, die sich sehr freuen würden, wenn Du sie besuchst und ihnen etwa sechzig Minuten etwas vorträgst."

Ein Vater geht mit seinem Sohn spazieren. Sagt er: „Jossele, kletter hinauf auf diesen Baum!" Jossele schreit: „Nein, ich kletter nicht! Ich fircht mich schrecklich!" – „Hab keine Angst", beruhigt ihn der Tate, „kletter hinauf auf diesen Baum!"

Das Bürscherl kraxelt und bleibt in einer Astgabel sitzen. Ängstlich schaut es herunter. Ruft der Vater: „Und jetzt kletter heraus auf diesen Ast!" –

„Nein, Tatele, ich fircht mich, ich kletter nicht.“ – „Hab keine Angst“, beruhigt ihn der Vater, „kletter nur heraus.“

Das Jüngele klettert und schaut ängstlich vom hohen Ast auf den Vater. „Und jetzt mein Kind, jetzt spring herunter.“ – „Nein, Tate, ich spring nicht, ich fircht mich so schrecklich.“ – „Hab keine Angst, Bürschele, spring herunter. Dein Tate wird dich auffangen.“

Und so springt das Jüngl, der Tate aber steht mit verschränkten Armen daneben und das Kind fällt zu Boden. Tränenüberströmt schaut der Sohn seinen Vater an und fragt schluchzend: „Warum, mein Tatele, hast du mich nicht aufgefangen, du hast es mir doch versprochen.“ – „Siehst du, mein Kind“, sagt der Tate weise, „das ist der Zweck. Du sollst sehen, nicht einmal auf die engsten Verwandten kann man sich verlassen.“

Also bin ich in das blitzsaubere Heim in Ramat-Chen bei Tel Aviv gegangen. Ich wollte den alten Menschen Freude bereiten. Und wem habe ich die größte Freude gemacht? Mir.

Die alten Herrschaften haben mich rührend empfangen, mit Tränen in den Augen zugehört und gepascht. Frauen, die mich noch als Kind in Erinnerung hatten aus dem 7. Bezirk, die meine Mutter gekannt haben, eine Dame, die als Fluchtgut Hunderte Theaterprogramme mitgeschleppt hat, ein alter Herr, noch rüstig, trug mir Grüße an seine ehemaligen Mitbürger in Groß-Enzersdorf auf, an die, deren Söhne jetzt meine Nachbarn sind. Ob sie sich an den Rudi Kohn noch erinnern?

Ich werde auftragsgemäß fragen, fragen mit viel Rührung, mit so einem Knödel im Hals. Hoffentlich kann ich dann Gutes berichten. Es gibt für mich nichts Schöneres als dieses: Brücke zu sein zwischen dem alten und dem neuen Österreich. Für Menschen, die noch immer ein bisserl zu uns gehören, so wie ich ein bisserl zu ihnen.

I wie Ungarn

Sportlicher Ehrgeiz war meine Sache nie. Ich überließ es anderen, aus dem Patscherkofel einen Hatscherkofel zu machen. Aber um zu beweisen, daß Höflichkeit nicht nur eine ungarische Nationaleigenschaft ist, zog ich mit Mann (Sohn) und Roß (149 PS) ins Land der Magyaren.

Trotz Grenzbalken war das Überklettern desselben leicht und mühelos. Freundliche Zollmädchen, Grenztierärzte und ähnliches Volk halfen großzügig Muliars kleiner mutigen Schar, die gen Osten zog.

Über gute Straßen rollt sich's runter nach der Hauptstadt, und dort ist man in der Fremde und

Wien 1950. Am Heldenplatz ist Ablösung der alliierten Militärkontrolle. Sie wissen schon: Vier in einem Jeep. Russen, Amerikaner, Engländer und Franzosen. Zwei alte Pensionisten, sichtlich Offiziere der k. u. k. Armee, die beide Weltkriege wie durch ein Wunder überlebt haben, bestaunen das militärische Getriebe. Sagt der eine zum anderen: „Also wissen Sie, Gwandeln haben die an, die Alliierten. Nahezu grauslich. Schaun Sie die Engländer: so was Kurzes von einem Rock, oder die Franzosen – schiache Kappln. Die Russen mit dem automatischen Friedenspalmwedel um den Hals, und erst die Amerikaner mit die glattrasierten Schädeln – grauslich. Was war dagegen unsere gute alte Armee! Do warn halt Uniformen. Die Ulanen, so was von Buntem; die Dragoner: rote Hosen, blaue Röck; die Deutschmeister: zweierlei Blau; gar die Marineoffiziere in Pola: ganz in Weiß, vom Scheitel bis zur Sohle. Wir, mein Lieber, hier in Österreich, wir haben die schönste Armee der Welt gehabt. Und was haben sie gemacht damit? In den Krieg haben sie sie geschickt, die Trotteln."

doch zu Haus. Das macht nicht nur die Donau, die, zwischen Buda und Pest fließend, ebenso wenig blau ist wie unter der Floridsdorfer Brücke.

Nein. Wenn man auch kein Wort Ungarisch versteht: Gemeinsame Geschichte tritt einem auf Schritt und Stein entgegen. Ein Denkmal des Grafen Hadik, nach dem in Wien eine Gasse heißt: Wer weiß schon, daß er in Berlin für seine Königin, die bei uns Kaiserin war, dem kleinen Großen Fritz die Marie – sprich: Kriegskasse – gestiebitzt hat? Ein Denkmal des Prinzen Eugen: Nicht so schön wie bei uns, aber immerhin. Und so fort. Menschen im Kaffeehaus, tratschende, tuschelnde und auch lachende. Wie zu Hause. Und wenn in den Geschäften auch die Qualität der gebotenen Waren den Vergleich mit den unsrigen nicht aushält – die Preise tun es jedenfalls.

Ein Servus da, ein Servus dort, wie heimatlich klingt es doch, dieser sonst nirgendwo richtig verwendete Gruß. Dann geht es weiter, hinein in die Tiefebene, wo Agrarkombinate sich neben Operettenromantik präsentieren. Vorsicht auf den Straßen! Sie sind bevölkert mit Pferden und Rindviechern, die im Gegensatz zu unseren Breiten vor dem Fahrzeug herlaufen und nicht hinter dem Volant sitzen. Und: Tauben! Scharen von Tauben, träge und gutmütige, hindern einen allein durch ihr Dasein am Schnellfahren. Aber man muß weiter. Und die Vogerln flattern verstört davon. Hoffentlich war keine Friedenstaube unter denen, die ich erjagte. Es wäre schade.

Vorbei an einem Meer von Sonnenblumen, den Duft von Pörkölt in der Nase, den Geschmack von Paprika auf der Zunge und einem Tropfen Sehnsucht nach der Vergangenheit im Herzen erreichen wir die so nahe gerückte rumänische Grenze. Ein verbotenes Bad in der Körös und dann: zurück, Richtung Balaton.

Deutsche und Österreicher entungarn den See und seine Umgebung. Ami-Zigarettenrauch verdrängt den scharfen Geruch einheimischer Tabake, die die Ungarn kettenrauchend in sich hineinziehen. Es rollt die D-Mark, der Schilling und mancher Besoffene auf der Straße. Noch ein

An einem schönen Morgen geht ein Staatslenker auf den Balkon seines Hauses, blickt stolz um sich, streckt die Arme hoch und atmet tief ein, um Atem und Kraft zu tanken für den schweren Arbeitstag. Da hört er eine Stimme: „Guten Morgen, hochverehrter Genosse! Geh nur hin in dein Amtsgebäude! Arbeite und regiere so weiter – mache dein Volk weiterhin glücklich, unsere besten Wünsche sind mit dir!“ Der Staatslenker dreht sich um, schaut verwundert und fragt: „Wer spricht zu mir?“ Die Antwort: „Ich bin's, die liebe Sonne, meine Strahlen begleiten dich segnend.“ Er setzt sich in sein Auto, läßt sich ins Amtsgebäude fahren und regiert drauflos.

Mittagspause, ein ausgiebiger Mittagsschlaf, nachmittags dieselbe Szene. Er tritt auf den Balkon seines Amtsgebäudes, schaut auf den Platz vor dem Gebäude hinunter, streckt die Arme hoch, um Kraft und Luft zu tanken. Wieder eine Stimme: „Du hast gut gearbeitet heute morgen, Genosse Staatslenker, tu so weiter, dein Volk ist glücklich und dankt dir dafür.“ Er zurück ins Amtszimmer und regiert drauflos.

Als er am Abend wieder in sein Auto steigt, um sich in sein gemütliches Landhaus fahren zu lassen, geht die Sonne blutrot unter. Er blinzelt ihr zu: „Na, Sonne, hast du mir jetzt nichts zu sagen?“ Darauf die Sonne lachend: „Nein, mein Freund, jetzt kannst mi gern ham, jetzt bin ich im Westen.“

kühner Sprung in den lauen, seichten Plattensee, und ab geht es heimwärts.

Und komisch: Man ist froh, wieder zu Hause zu sein. Das muß mehr sein als Patriotismus oder bloße Gewöhnung. Daheim packt man aus. Was hat man außer Erkenntnissen noch mitgebracht? Salami, Paprika, einen herrlichen Birnenschnaps ... Ja, und dann noch ein letztes Servus Richtung Ost, ein Servus an zu Haus. Was heißt Servus eigentlich? Ein alter römischer Gruß ist das: dein Diener. Nicht dein Diener, liebes altes Austria, ein dich Liebhabender ist heimgekehrt.

Die Sache spielt in der DDR, genauer gesagt, in Ostberlin. In einen HO-Laden, das sind die staatlichen Geschäfte, kommt ein kleiner, pitzeliger, verschüchterter Mann und verlangt ein Packerl Tee. Darauf der Verkäufer mit strenger Miene und bohrendem Blick: „Wollen Sie russischen oder chinesischen Tee?“ Da schaut ihn das Manderl von unten her an, kratzt sich den Kopf und flüstert fast unhörbar: „Ich bitte Sie, mich nicht zu provozieren. Bitte, geben Sie mir ein Paket Kakao.“

Marsch durch die Marschen

Diese Gegend hier! Es drängt mich, von der Gegend zu erzählen, in der meine Rund-, besser gesagt, meine Kreuz-und-Querreise ihr Ende findet. Eine der schönsten Landschaften, die sich meinem Auge boten. So fremd und doch so heimatlich: Niedersachsen! Ein Landstrich, eine Reise wert, das Weltland. Sie finden es ziemlich oben auf der Landkarte. (Mein Geographieprofessor würde wieder blaß werden, hörte er mich so reden, von oben und unten, rechts und links, statt von Nord und Süd, Ost und West.) Also da oben, in der Nähe der Elbe, wo slawische Einflüsse noch deutlich zu merken sind (Rundlinge = will sagen, Dörfer in der Form von Wagenburgen, Gräber aus der Bronzezeit und so fort), weht ein klarer, erfrischender Wind. Dort, wo der Pole Poppenspäler spielt, wo die Lützower Jäger 1813 gegen die Franzosen stritten, wo das deutsche „Heldenmädchen“ begraben ist, das unter dem Nom de guerre August Renz in die Geschichte nicht nur des deutschen Militarismus eingegangen ist. (Mich freut es besonders, zu wissen, daß dieses deutsche Kind in Wahrheit Eleonore Prohaska hieß.) Fritz Reuters „Franzosentid“ spielt da oben, und bei Walsrode ist Hermann Löns beerdigt. Das alles aber macht es nicht. Nein – das Schönste an dieser Gegend ist die Gegend. Heide und Marschen, Rehe und Störche, Tannen und Birken in zauberhaften Märchenwäldern vereint. Aalsuppe und Grütze, Salz-, Wind- und Moorgeruch – ein Erlebnis, wie man es nur in dünnbesiedelten Landstrichen haben kann. Jeder stellt sich was Bestimmtes vor, wenn man ihm einen geographischen Bericht hinmurmelt. Griechenland – Akropolis, Rom – Kolosseum oder Petersdom, Spanien – Stierkampf, Prag – Hradschin, Budapest – Zigeunermusik, Indien – Fakire und so fort. Und wenn ich Deutschland sage, dann denke ich an das da oben. An dieses Deutschland. Heide und Marschen, Aalsuppe und

Grütze, aber das habe ich ja schon gesagt. Dank dem Schicksal, daß es mich das sehen läßt. Es gibt noch Plätze, wo Träume Gestalt annehmen. Schön, daß ich so einen fand.

EINE MASSE MEDIEN

Lohn der Angst – Angst als Lohn

Heute ist mir ein grausiges Bild in die Augen gesprungen. In einer Illustrierten wird – unter dem Deckmantel der Tierliebe auf blutrünstige Zeitgenossen spekulierend – minuziös der Mord an den armen Robbenbabys gezeigt. Eine grausliche Sache. Mit Recht empören sich Millionen Menschen über die Tötung der entzückenden Hascherln. Nicht nur Vegetarier regen sich auf, sondern auch jene, denen das Schnitzel am Sonntag den Höhepunkt der Woche bedeutet. Das ist gut so, denn es zeigt, daß der Mensch noch imstande ist, Mitleid zu empfinden, auch wenn er im Sommer – nur wegen der „Hetz" – Stierkämpfe in Spanien besucht.

Auch ich bin gegen das brutale Abschlachten der Robbenbabys. Aber, bitte, haltet unsere Reihen rein. Den Befürwortern der Todesstrafe soll es verboten sein, mit uns zu protestieren. Ja, ja, ich hör' schon: unschuldige Robben hier, schuldige Menschen dort! Allen denen, die so reden, sei gesagt: Mitleid ist genauso unteilbar wie Recht und Freiheit. Aus unteilbarem Mitleid setzen sich auch immer wieder Männer für den letzten Spandauer Häftling ein. Obwohl der eigentlich mehr stellvertretend für den größten Mordbuben der Geschichte im Häfen sitzt. Ich glaube ein human denkender Mensch zu sein. Auch ich halte fünfunddreißig Jahre Gefängnis für ausreichend. Nein, für zu viel!

Man sollte einen Vogel haben

Das Abschlachten der Robbenbabys ist aber nicht die einzige grausliche Nachricht in diesen Tagen. Fernsehen und Radio verschonen uns nicht allzusehr.

Ein Mann kommt in eine Tierhandlung und wünscht einen Papagei zu kaufen. Drei sind zur Auswahl ausgestellt. Der Tierhändler zeigt auf den ersten und sagt: „Sehen Sie, der da kostet 18.000 Schilling." Der Mann ist erstaunt: „18.000 Schilling ist aber ein bisserl viel. Was kann er denn?" – „Er singt lupenrein die Arie der Königin der Nacht!" Der Mann wendet sich dem zweiten Papagei zu: „Und der?" Antwortet der Tierhändler ungerührt: „Der kostet 35.000 Schilling." – „Wieso?" – „Der singt nicht nur die Arie der Königin der Nacht lupenrein, sondern noch den Erzherzog-Johann-Jodler." Da wendet sich der Mann schreckensbleich dem dritten zu und fragt mit bebender Stimme: „Und was kostet dieser da?" Darauf der Tierhändler: „60.000 Schilling." Der Käufer schaut den dritten Papagei an und formuliert seine letzte Frage: „Und was kann der?" Darauf der Tierhändler, hocherfreut und voller Stolz: „Schauen S', während der erste lupenrein die Arie der Königin der Nacht singt, und der andere den Erzherzog-Johann-Jodler jodelt, schlagt der dritte wie wild mit den Flügeln umeinander."

Nur eine schlechte Nachricht ist eine gute Nachricht – so lautet die Devise der auf Sensation erpichten Journalisten. Und wenn das stimmt, dann waren unlängst im Radio alle Nachrichten gut. Nämlich grauslich. Das angenehm sonore Organ des Herrn Riemerschmied berichtete nur Unerfreuliches. Hitzige Wehrdebatte, Banküberfall, Terror in Holland: ich wurde von Minute zu Minute trauriger, ernster, müder. Da ...! Ein Vogelruf, ein kleines Tschilpen mischte sich in die Nachrichten. Jemand hatte, sicher der großen Hitze wegen, im Studio das Fenster geöffnet, und so konnte man über Mikrofon und Lautsprecher auch ein Vogelstimmchen vernehmen. „Schwer bewaffnete Terroristen – pieps – die seit über zwanzig Tagen – tschilp, tschilp – fast sechzig – pieps, pieps – Gefangene ...“ Es war eine Freude. Und plötzlich bekam alles einen anderen Klang, eine andere Farbe, wurde so friedlich, so – ja, man muß es aussprechen: – menschlich. Ein kleiner Vogel hat mit ein paar Piepsern das Grauen für einige Sekunden weggezwitschert.

Man könnte freilich auch künstliche Vögel einsetzen. Diese Idee kam mir ein paar Tage später. Da verkündete mein lieber Rundfunk wieder einmal eine ausgewählte Kollektion von Schauerlichkeiten. Ein chilenischer Exminister ermordet, ein Flugzeugunglück mit mehr als hundert Toten, ein Zugzusammenstoß bei Laibach, Aufflammen der Kämpfe in Nordirland, Kampftätigkeit im Libanon, Tote in Rhodesien! Ich habe meinen Ohrwascheln nicht mehr getraut. Es war acht Uhr früh, und der angehende Tag war mir somit verpatzt. Nur Grausliches, nur Haß und Neid. Und da kam mir die Idee. Wenn schon kein Vogel piepst, dann könnte das Radio selber ein wenig Tschiep-tschiep machen. Bitte, meine Herren Radios, nehmen Sie meinen Vorschlag ernst. Ich bitte Sie, lassen Sie nach all dem Zeug eine kleine Pause, und dann soll der Sprecher sagen: „Und jetzt die gute Nachricht des Tages.“

Man sollte hin und wieder einen Vogel haben.

Einen künstlichen oder einen echten. Und wenn man einen echten Vogel hat, ja, dann sollte man die Fenster öffnen. Man sollte überhaupt öfter die Fenster öffnen – nicht nur an heißen Tagen, nicht nur in den Nachrichtenstudios des ORF. Wie wäre es mit einem allgemeinen „Fenster und Türen auf!" in Ost und West?

Omo henkt leiser!

Allerdings unterläuft all den hochverehrten Anstalten nicht nur Erfreuliches. Wer viele Programme laufen hat, dem unterläuft so manches. Ist's ein Trost? Ich möchte zum Beispiel die Herren des Fernsehens bitten, bei der Werbung, und zwar bei ihrer Einschaltung, ein wenig mehr auf Geschmack und Takt zu achten.

Zum Beispiel: Es lief ein glänzender Film. Mitten in der Nacht. Das Ende der kinematographischen Tragödie war die Hinrichtung des Hauptdarstellers, der einen „kaltblütigen" Verbrecher mimte. Eine Hinrichtung mit Strick und Galgen auf die feine englische Art. Strick um den Hals, Zittern des Delinquenten am ganzen Körper, zitternde Hände, Verkrampfen der Hände, Kamera fährt nach rückwärts, Falltür auf, Hinunterpoltern des Körpers – Schluß, grauenvoll. Aber noch grauenvoller war, daß ohne Pause in der nächsten Sekunde eine fröhliche Stimme rief: „Omo hofft, daß Sie sich gut unterhalten haben!“ Ja, fix laudon noch einmal, kennt denn niemand den Film, dem man nach seinem Ende die fröhliche Reklame hinten draufgepappt hat? Hat sich denn den Streifen niemand angesehen? Da muß doch wer zuständig sein. Da gibt's keine Ausred und kein „das geht mich nichts an, das fällt nicht in meine Kompetenz“. Meine Bitte an sämtliche Ober- und Unterhammer, an Weis und Schwarz, an alle Kreuzer und Querer: laßt das nicht wieder vorkommen.*

Gräfin Bobby

Sonst hab' ich am Fernsehprogramm nicht viel auszusetzen. Ich kenn' es nämlich kaum. Ich muß gestehen: ich steh lieber vor der Kamera und gehöre zu jenen Lüstlingen, die sich am Hörfunk laben. Ich wähle nicht nur alle vier Jahre mittels Stimmzettels, sondern sehr regelmäßig zwischen

* Führungstroika des Österreichischen Fernsehens bei Drucklegung des Buches: Generalintendant Otto Oberhammer mit den Intendanten Gerhard Weis und Franz Kreuzer. (Anmerkung für bundesdeutsche Leser.)

Kommt ein Installateur zu einer älteren Dame. „Wissen S', meine Wasserleitung tropft – Sie müssen mir das richten." – „Gern, gnä' Frau", sagt der höfliche Mann im blauen Anzug und schraubt eine Schraube auf, eine Mutter herunter, erneuert die Dichtung, Mutter rauf, Schraube zu, fertig. „Was zahle ich, bitte?" – „Siebenhundertundvier Schilling." – „Wieso?" – „Schauen Sie, vier Schilling die Dichtung (das Material), vierhundert die Montagestunde, dreihundert die Fahrt zu Ihnen." – „Ja hören S?!" schreit die Dame auf, „das ist aber ein Haufen Geld! Soviel zahle ich ja nicht einmal bei meinem Augenarzt!" – „Das weiß ich, gnädige Frau, das weiß ich", antwortet der Handwerkskundige, „ich war früher selber Augenarzt!"

Ö 1 und Ö 3. Die Fülle der Ernst Meister-lichen Wortsendungen, klassischer Musik und Musik zum Träumen ist mir zum Bedürfnis geworden. Zusammen mit stündlichen Nachrichten ist der ORF meine bevorzugte Bedürfnisanstalt. Ich fühle mich mit der Welt verbunden und genieße es, trotz aller Zukunftsunkereien, ein Mensch des ausgehenden 20. Jahrhunderts zu sein. Ich erkenne jeden Sprecher schon beim ersten Wort und freue mich diebisch, wenn es etwas zum Ausstallieren gibt. Das wird mir wohl niemand übelnehmen, denn wir Bühnenmenschen müssen uns ja auch täglich neu beurteilen, loben oder zerreißen lassen.

Da hörte ich unlängst zum Beispiel die vertraute Stimme einer Sprecherin, die landauf, landab beliebt und verehrt ist. Ich habe die Ehre, die Dame zu kennen. Die hochverehrte Kollegin zeigte mir in dieser Stunde, wie wichtig es ist, auf seine Sprache zu achten, wenn man vor dem Mikro sitzt. Nämlich: man sollte auch nicht zu vornehm sein! Mit einer Vornehmheit, die jedem Grafen (außer dem bekannten und beliebten Grafen Bobby), nein, Fürsten Ehre machen würde, formuliert sie Meldungen, daß der verzückte Lauscher dann etwa folgendes zu vernehmen bekommt:

„Meine seee-veeeten Damen und Heeeeeren: Pundeskanzler Kröskü ist in Puris mit Ministerrpösitönten Schirakk zusammengetroffffen – Isssreeel: Ministerprösitönt Rapin hat ...“ und so fort. Der italienische KP-Chef heißt so wie das Gewehr des Herrn Berling, nämlich: BerlingGwehr und so weiter zu meiner reinen Freude.

Sitzen da zwei zusammen im Wirtshaus, trinken ihr Bier und sprechen über Hobbies. Sagt der eine: „Mein Onkel ist ein Numismatiker.“ – „Numismatiker?" fragt der andere. „Das kenn' ich nicht. Was heißt das?" – „Das heißt, daß er Münzen sammelt." – „Großartig, die Ausdrücke, die man heutzutage verwendet für einen, der Münzen sammelt. Früher hat man schlicht und einfach zu solchen Leuten Bettler gesagt."

In Prag fährt ein Mann mit seiner Familie im Auto. Plötzlich wird er von einem Uniformierten angehalten. Nanu, denkt er, was hab' ich denn jetzt wieder angestellt. Der Polizist aber sagt freundlich: „Genosse, sehen Sie, Sie haben's erreicht, wir beobachten Sie seit Wochen. Sie haben tausend Kronen gewonnen in unserer Aktion ‚Der beste Autofahrer des Monats'. Das sind Sie. Sie können sich die tausend Kronen abholen." Da lacht der Mann schwejkisch und sagt zu dem Polizisten: „Na Gott sei Dank, mit tausend Kronen kann ich jetzt endlich meinen Führerschein machen." Seine Frau erschrickt und sagt: „Herr Wachtmeister, hörn Sie nicht zu, immer wenn er besoffen ist, red't er so an Blödsinn." Worauf das Kind, das hint' im Fond sitzt, kräht: „Und immer, wenn wir vom schwarzen Markt kommen, ist der Papi b'soffn." Da hört man es im Kofferraum pumpern, und die Stimme des Großvaters ertönt dumpf: „No was is, sa ma schon über der Grenze?"

Da schwejkt der Molinou

Politiker haben es schwer und müssen froh sein, wenn sie einen halbwegs gängigen Namen haben. Staribacher, Heindl, Busek oder Peter, da sind schon von vornherein Chancen. Auch Klaus-Strauß-Taus läßt sich hören, aber ich glaub', daß der Hitler nie populär geworden wäre, wenn er so wie ein mir bekannter ehrsamer Handwerker Wurst geheißen hätte oder gar Krautwurscht oder einen so österreichischen Namen wie Krautwaschl geführt hätte. Heil Wurst, Heil Krautwurscht, das wäre den Menschen nicht so leicht in die Ohren gegangen. Der napoleonlockige, chaplinbärtige Verführer der Deutschen hätte zu einem Nom de guerre greifen müssen. So wie es Östlinge auch taten und Spione noch heute treiben. Oder Schaukünstler und Kompositeure, Theaterdirektoren und derlei Volk. Sogar Journalisten sollen unter Pseudonymen schreiben.

Nur ich – i haß' wirklich so, und das war gar nicht so leicht, vom Molinou über den Mulinar zum Muliar zu kommen.

Aktion sauberer Äther

Direkt schamvoll wegschauen mußte ich unlängst, als sich ein Sportreporter auf den Wellen des Äthers markig vernehmen ließ. Ich wollte ihm zurufen: „Mander seid's net so obszön!" Der Reporter teilte uns nämlich mit, daß „wenn die oder die Läuferin Glück hat, kann sie sich noch vorn hineinfahrn." Aber, aber, meine Herren, das geht zu weit!

Molinou und Mulinar sind aber nur einige wenige Versionen meines bescheidenen Namens. Zum Beispiel: da tritt ein freundlicher Riese an mich heran, etwa so wie Freund Wussow fünf Jahre lang allsommersonntagnachmittags auf dem Domplatz in Salzburg an Curdchen Jürgens, nur daß er mir nicht die Hand aufs Herz legt, sondern mir selbige auf den Buckel knallt, daß ich fast meinen Adamsapfel verschlucke, und herauslacht aus seinem rauchverschleimten Brustkasten: „Also Mensch! Wenn ich Sie sehe, muß ich an Schwejk denken – wenn ich Schwejk sehe, denke ich nicht an Haschek, sondern an Sie, lieber Molino!" Und da freut man sich über das Molino, flüstern doch viele hinter mir her: Moliach oder gar Molière.

Übrigens; von dieser Schwejk-Stigmatisierung werde ich wohl nicht mehr wegkommen. Aber das tut nicht weh in einer Zeit, in der es üblich ist, an einen Namen einen Begriff zu hängen. „Denk' ich an Deutschland in der Nacht", so hieß das früher. Heute sagt man „Jimmy", wenn man an Amerika denkt. „Idi" steht für Uganda und so fort. Wer kann, wenn er dies liest, an etwas anderes denken als an Frau Taylor?

Alles wird dadurch vereinfacht. Aber nur scheinbar. Denn die Sache liegt viel komplizierter vor uns. Wenn man „Josefstadt" sagt, kann man das Theater oder den Bezirk meinen; beim Wort „Burg" an Kreuzenstein, Greifenstein, Liechtenstein und so fort – ich allerdings denk' an die, die am Ring steht und eine Bühne hat, sogar eine, die sich drehen kann. Und bei „Adolf" kann ich nicht nur an den Hauptdarsteller der blutig-dramatischen Schmierenkomödie Drittes Reich denken. Nein, da fällt mir mehr dazu ein. Von Schneefeldern in der Ukraine bis zu brennenden Öfen und Städten – alles. Todesschreie und heiseres Sieg-Heil-Gebrüll, geballte Fäuste in den Manteltaschen und hochgestreckte Hände, deren Fingerspitzen auf unsere Hofburg weisen.

Im Bild durch die Zeitung

Schluß, zurück in die Gegenwart, ins Neo-Biedermeier, in die atomare Backhendlzeit. Aber wie

Warum sägen die Bu . . ., nein, die Ostfriesen bei ihren Betten die Haxen ab? Damit sie tiefer schlafen.

Warum schauen die Ostfriesen in der Hochzeitsnacht unentwegt aus dem Fenster? Weil man ihnen gesagt hat, daß die Hochzeitsnacht die schönste Nacht des Lebens ist.

findet man zurück? Indem man das Radio andreht und heutige Zeitungen durchblättert. Hier: Auf Seite 3 eine Meldung aus Transkei, ein republikanisches Stückl Südafrika. Schon der Name der Hauptstadt macht schmunzeln. Umtata! Ja, wirklich. Umtata, so wie Tschinderassa bum bum bum. Und was lese ich? Der Staatspräsident kündigt an, daß jegliche Kritik an der Regierung mit dem Tode bestraft wird. Sind wirklich neununddreißig Jahre vergangen? Solche Gesetze hat's doch schon mal gegeben. Und zwar bei uns, als wir nicht mehr existiert haben. Nur war damals der oberste Häuptling kein Schwarzer aus Umtata, sondern ein Brauner aus Tschinderassa-Berlin (geboren in Bum-bum-bum-Braunau).

Auf Seite 4 steht etwas, was das Gemüt erfreut. Österreicher in der Bundesrepublik. Wohin man schaut. In jedem Geschäft unentbehrlich. Hilfreich in jeder Lage. Wissen wir alle, wo Einbeck liegt? No, macht auch nichts! Und in diesem Städtchen bietet ein „charmantes Wiener Fotomodell“ seine Dienste per Inserat an. Beachtlich, beachtlich, wie tief in die kleinsten Kapillaren der Volkswirtschaft unsere Landsmänner und Landsfrauen eindringen konnten. In jeder Lage, wie gesagt, hilfsbereit. Auch in der Horizontalen.

Jetzt habe ich eine Zeitung in der Hand, bei der es geraten erscheint, sie waagrecht zu halten. Wenn man sie normal hält, rinnt unten Blut heraus. Bringt es denn wirklich so viel ein, den Leuten mit blutigen Scheußlichkeiten Angst zu machen? Die blutigen Schreiberlinge haben es auf alle Fälle leichter als die Künstler der humoristischen Sparte. Der Ausspruch eines Meisters fällt mir ein. Der Satz des großen Clowns Grock.

Ein Geck, pomadisiert und superfein, tritt in Grocks Garderobe. „Sie sind es also. So sehen Sie aus. Und über Sie lacht das Publikum!?“ Doktor Wettach (so heißt Grock mit seinem bürgerlichen Namen) schaut ihn milde an und spricht in seinem breiten Schweizer Dialekt: „Ja, aber über mich lacht man nur, wenn ich es will.“

In einem Züricher Park steht am späten Abend ein kleiner Bub und verrichtet strahlend nicht nur im Gesicht seine Notdurft. Ein Mann, der es dringend nötig hat, stellt sich unweit von ihm hin und tut dasselbe. Eine Sekunde später klopft ihm ein Ordnungshüter der Züricher Kantonspolizei auf den Rücken und sagt: „Lieber Mann, Sie bezahlen fünf Fränkli wegen Erregung öffentlichen Ärgernisses." – „Um Gottes willen", meint der Züricher Bürger schlotternd, „fünf Franken, das ist doch eine Menge Geld für so ein kleines Vergehen, außerdem, was verlangen Sie denn von dem Kleinen da, der dasselbe getan hat wie ich?" Da verklärt sich das Gesicht des Ordnungshüters, und er meint im wildesten Zürcher Tonfall: „Der braucht nicht zu zahlen, der ischt nämlich unser Lockvögeli."

ICH UND MEINE ZEIT

Hinter Schloß und Riegel

Wie sich die Zeiten ändern! Ich erinnere mich, als Zwölfjähriger ein Fahrrad bekommen zu haben. Das war im Jahr 1932. Da mein Vater an seiner eisernen Spargesinnung festhielt, und den Standpunkt vertrat, für einen Buben mit zwölf sei ein gebrauchtes Radl gut genug, ging er mit mir an einem Sonntagvormittag – ein paar ausgeschnittene Inserate in der Tasche – auf die Suche nach einem Drahtesel, der nicht viel kosten sollte, dem man aber zumuten konnte, noch ein paar Jahre nicht auseinanderzufallen.

Mein Vater war ein unsportlicher Mensch. Zwar Mitglied der „Naturfreunde", verbrachte er seine freien Sonntagnachmittage lieber stehplatznehmend auf dem Fußballplatz. Matches wie Juventus – Austria, Ferencvàros – Rapid, Rapid – Hakoah und Austria – Vienna, das waren Stern- und Glückstunden für ihn, den schreienden Zuschauer. Manchmal saß er aber im Kaffeehaus bei einer Rummypartie. Wie gesagt, ein unsportlicher

Rosi geht zum erstenmal mit ihrem Heini zum Fußballmatch. Gelangweilt sitzt sie etwa eine halbe Stunde zuckerllutschend neben ihm, schaut Löcher in den Himmel, schaut sich die Leute auf den Tribünen an, und hin und wieder wirft sie einen Blick auf das Spielfeld. Das arme Ding versteht nix, aber schon gar nix von dem, was auf dem grünen Rasen geschieht. Plötzlich reißt sie die Augen auf und fragt: „Du, Schatzi, alle, die da umeinanderrennen, haben einen nackerten Hals, warum tragt der eine dort – der, der jetzt so rennt und vorn ist – a Krawattl?" Mitleidig schaut der Heini seine Kleine an, und dann murmelt er lässig: „Des is der Mittelstürmer, der trogt ka Krawattn, dem hängt die Zungen heraus."

Mensch. Und der Sport, der ihn am wenigsten interessierte, war Radlfahren. Er hatte daher auch keine Ahnung, wie so ein Stahlroß beschaffen sein sollte, welches „Gouvernal", welche Felgen, welche Speichen und Sattel zu bevorzugen seien. Das einzige, was er begriff, war, daß man eine Klingel dringend brauchte und die Bremsen in Ordnung zu sein hatten.

Ich hingegen – schon damals fortschrittlich und modern – wollte nur ein Rad mit Rücktritt akzeptieren. Pappi ließ sich von mir das System erklären und sprach dann die unvergeßlichen Worte: „Rücktritt – nein, das ist nix! Wenn man zeitig genug bremst, braucht man das mit dem Rücktritt überhaupt nicht. Fahr lieber vorsichtig, das ist wichtiger." Wie gesagt, ein altmodischer, unsportlicher Mensch, mein Vater. – Und ich habe in der vergangenen Zeit oft an ihn und an den Erwerb meines ersten Fahrrades gedacht.

Im Gefängnis hat man ja Zeit, nachzudenken. Ich sitze nun schon zwei Tage drin und sinniere. Und da fallen einem halt solche Dinge ein. Ich bin auf der Rossauer Lände*, und das auch nur tagsüber, denn ich drehe hier fürs deutsche Fernsehen weitere Folgen für den „Gerechten Karl". Der qualtingerische Herr Karl, der in Deutschland als der typische Österreicher gilt, hat einen anders gearteten Namensvetter bekommen, der uns Wiener in einem etwas angenehmeren Licht zeigt. Kein Wunder übrigens, denn dieser Karl ist „Der Gerechte" und wurde von einem Berliner – nämlich von Wolf-Dieter Schnurre – „erfunden", ist also fernab von Selbstmitleid, Masochismus und dem zwinkernden „Da-schauts-her, so san ma wirklich".

Ich will nicht leugnen, daß der bekannte und

* Allseits bekanntes Arrestantenlokal der Wiener Polizei. (Anmerkung für bundesdeutsche Leser.)

berüchtigte „Herr Karl“ leider in vielen Exemplaren herumläuft, aber mich freut es, zeigen zu können, daß man auch andere findet, wenn man bereit ist, sie zu sehen. Trotzdem kommt dieser so sehr gerechte Karl in den Häfen, und somit hat sein Darsteller Gelegenheit, hinter den Maschengittern des Gesetzes seinem Beruf nachzugehen. Und nachzudenken, wenn ihm der Trubel eines Filmtages Zeit dazu läßt.

Man macht sich schwer eine Vorstellung davon, wie mir da in der Zelle wird und ist. Grauslich! Sehr grauslich! Immerhin bin ich seit 1944 nicht mehr eingesperrt gewesen. Wenn man sich damals auch damit über Wasser gehalten hat, daß man sagen konnte: „Ich bin ein Politischer“ – furchtbar war es trotzdem. Das Alleinsein, das Nichtwissen, wie das Urteil ausfallen wird, die

Herr Blaschke hat eine neue Stellung angetreten. „Passens S’ auf“, sagt der Chef und schaut ihm tiefsinnig in die Augen, „passen S’ gut auf und trauen Sie in dieser Firma keinem.“ – „Ist in Ordnung, Herr Chef“, antwortet Blaschke schlagartig und gewitzt: „Kann ich gleich mein Gehalt im voraus haben?“

Angst und der Zorn. Der ohnmächtige Zorn, die zornige Ohnmacht. Grauslich.

Jahrelang bemühe ich mich, diese Eindrücke auch aus dem Unterbewußtsein zu verdrängen, da kommt eine Rolle daher, mit einem Schlag sind alle Anstrengungen vergeblich gewesen, und die Nächte sind wieder unruhig und zu lang.

Es ist so wie bei den alten Veteranen. Ich merke das immer wieder. Kaum sitzen ein paar Mannsbilder beieinander, die meisten über fünfzig Jahre, trinken ein Glasel, plaudern, lachen, rauchen – schon reden sie vom Krieg. Von der Front. Von den Erlebnissen. Sie können nicht vergessen,

Also: Sitzt einer im Kaffeehaus, kommt der Kellner und fragt ihn, was er bestellen will. Gast: „Wissen Sie – Herr Ober – i hob an Hunger, aber schon seit drei Tagen Magenweh." Kellner: „Nehmen Sie was Leichtes – zwei Eier im Glas." Gast: „Zu schwer!" Kellner: „An Tee mit Zitron und a Buttersemmerl." Gast: „Zu schwer." Kellner: „An Tee mit Zitron ohne Buttersemmerl." Gast: „Zu schwer." Kellner: „An Tee mit Zitron." Gast: „Zu schwer." Kellner: „An Tee ohne Zitron." Gast: „Zu schwer." Da dreht sich der Kellner zum Piccolo um und ruft: „Maxi – fang für den Herrn Emminger a Fliagn."

sie können diese fünf bis sieben Jahre ihrer Jugend nicht ausradieren. Das schiebt man alles nur weg, aber es ist trotzdem da.

Mein mittlerer Bub, der nach seinen in einem Streifen abgedienten acht Monaten wieder abrüstet und froh ist, nicht mehr von einem mißgünstigen Oberwachtmeister belauert und schikaniert zu werden, lacht immer, wenn er mich mit älteren Männern von Krieg, Häfen und Gefangenschaft reden hört. Dabei merkt er gar nicht, daß auch er von seinen – eher harmlosen – Militärerlebnissen erzählt. Unentwegt!

Vielleicht muß man es loswerden, was einen bedrückt und schwanzt. Mir geht es jedenfalls so. Meine selige Mutter hat immer gesagt: „Schick deine Gedanken nach Tripstrill." Das ist ein schwieriges Unterfangen, aber ich habe wenigstens Grund gehabt, nachzuschauen, was Tripstrill ist, und wo es liegt. Bitte sehr: Tripstrill – früher im Wiener Wortschatz oft gebraucht – ist ein Marktflecken des schwäbischen Zabergautales. 278 post Christum von einem römischen Hauptmann namens Trepho und seiner Gattin Truilla gegründet. Römischer Name Trephonistruilla. Daraus entstand Tripstrill.

Nach der Sage ist das der Ort, wo alte Weiber auf jung gemahlen werden. In einer Weibermühle. Man wird jetzt sagen: der Autor möge uns lieber erklären, wie man so eine Altweibermühle bauen kann. Das, meine Herren, tu ich gern, wenn Sie mir einen Konstruktionsplan für eine Altmännermühle zukommen lassen. Ich tät' mich manchmal ganz gern auf jung ummahlen lassen. Schlimm allerdings wäre es, wenn man mit einem Verjüngungsprozeß auch das Rad der Geschichte zurückdrehen müßte.

Noch einmal zwanzig sein können? Fein. Aber noch einmal das Siebenunddreißigerjahr erleben müssen? Ja, gewiß, die Landschaft wäre noch nicht so verturmt – aber sonst? Arbeitslosigkeit, leere Theater, kalte Wohnungen, Sommerurlaub an der Arbeitslosenriviera und – Vorsicht! jetzt kommt es! das Jahr 1938. Diktatur, Krieg, Bomben, Front, Verwundung, Gefangenschaft, Trümmerzeit, wurmige Erbsen und so weiter. Nein, ich will das alles nie mehr erleben müssen,

Ein Mann fällt vom zehnten Stock in die Tiefe. Neuntes Stockwerk, achtes Stockwerk, es dreht sich alles, rote Ringe vor den Augen, im fünften Stockwerk ist er wieder bei Sinnen, im vierten atmet er tief auf, und beim dritten Stockwerk sagt er: „No also, ist es bis jetzt gut gegangen, wird auch weiter nix passieren."

lieber ein bissel älter sein, mit all den damit verbundenen Wewehchen.

Ja, wenn ich so einsitze auf der Rossauer Lände ... Ich schick' ja, liebe Mama, was ich nur kann, nach Tripstrill. Aber nicht alles läßt sich so einfach ins Zabergautal verfrachten. Zum Beispiel: dieses Jahr 1936. Ich war ein junger Mann. Fast noch ein Bub. Theater allerdings hab' ich schon damals gespielt, und zwar auf einer Sommerbühne des damals berühmten literarischen Kleinkunsttheaters „Der liebe Augustin". Unter riesigen Kastanien im Garten eines heute längst nicht mehr existierenden Restaurants. Collini hieß der Besitzer, und das Lokal lag dort, wo heute auf der gegenüberliegenden Straßenseite der Herr Bundespräsident wohnt. Auf der Hohen Warte.

Alfred Polgar hat in seinem Essay über die „Rothschild-Gärten" diese Gegend beschrieben und festgestellt: „Dort wohnen reiche Leute." Das Volk traf sich einige wenige Kilometer weiter, am Sportplatz Hohe Warte, der gerade seiner Großmachtstellung beraubt wurde: durch das neu erbaute Praterstadion. Talabwärts gehend erreichte man – und kann's heute noch – Heiligenstadt. Dieses Heiligenstadt, wo Beethoven sein „Testament" niederschrieb, und wo die damals in Österreich Herrschenden das ihre vollstreckten.

Fährt man heute an der mächtigen Fassade des

Karl-Marx-Hofes vorbei, um in Nußdorf ein Viertel Heurigen zu trinken, sieht man sie nicht mehr: die Wunden, die brutale Gewalt dem Gebäude geschlagen hat. Mit jedem Kanonengeschoß, das in das Haus einschlug, traf man auch die Arbeiter von Wien und damit die des ganzen Landes. Heute ist der Bau ein veraltetes, aber noch immer mit Fug und Recht bestauntes Denkmal sozialer und sozialdemokratischer Stadtplanung. Für viele von uns ist er noch immer mehr als nur eine Wohnsiedlung. Für uns ist der Karl-Marx-Hof eine zu Stein gewordene Parole, ein Mahnmal, das an die Zeit erinnert, in der die kleinen Leute arm und schutzlos waren und an ihren Idealen trotzdem festhielten.

Es wurden im Vierunddreißigerjahr nicht nur Wohnhäuser beschossen – der Goethe-Hof, der Schlinger-Hof usw. –, jede Granate, die abgefeuert wurde, jede Gewehrkugel, die zurückgeschossen wurde, riß Gräben auf, die ein Volk in zwei Lager teilte. Erst die Gewaltherrschaft des Dritten Reiches und der unsinnige Hitlerkrieg konnten besonnene Männer auf beiden Seiten dazu bewegen, Front zu machen gegen den gemeinsamen Feind. Aus dem Druck, den die Machthaber mit dem Totenkopf am Kragen ausübten, wurde der Händedruck österreichischer Patrioten. Ich schäme mich nicht, zu gestehen, daß ich, dort, in der Zelle auf der Rossauer Lände – ein lautes „Danke“ gesagt habe. Danke denen, die für unser Recht gekämpft haben, aber auch Danke denen, die ihr Unrecht eingesehen haben. Beides war sicher schwer.

Kaum habe ich aber mein „Danke“ laut ausgesprochen, kriecht da etwas aus Tripstrill zurück. Und schon ist es in meinem Kopf.

Wie eine Lichtreklame. Die Frage nämlich: Haben denn wir, als wir für die Zukunft dies und jenes einstecken und ausstrecken mußten, wirklich so eine Zukunft gewollt? So eine ...?!

Leere Särge, schlaue Türken

Es ist zum Beispiel kurios zu sehen, wie auf allen Parkplätzen Menschen turnen oder um ihr Auto laufen. Viele stehen am Fahrbahnrand und holen tief Luft. Oft denk ich mir, sie sind von Staats wegen hier aufgestellt, um die Benzindämpfe aus der würzigen Winter-Frühlings-Luft zu atmen. Eine etwas makabre, aber immerhin stimmende Erkenntnis. Mißverstandener Umweltschutz würde ich das nennen – oder ist es vielleicht etwas ganz Neues?

Es tauchen ja so alle fünf bis sechs Jahre immer wieder neue Erkenntnisse auf. Nach dem Krieg war es unser höchstes Ziel, Kalorien zu bekommen und uns Speck anzufressen. Jetzt soll er wieder weggehungert werden.

Hier ein konkretes Beispiel, wie sich alles ändert. Als ich vor drei Jahren in einem renommierten Badeort meinen Luxuskörper in das Bassin warf, zog mich ein (bei uns sagt man) Badewaschl zürnenden Auges und flammender Stirn aus der Chloridylle und belehrte mich: „Ohne Badehaub'n dürfn S' net eini. Des is unhygienisch!" Vor drei, vier Tagen stand ich wieder badelüstern am nämlichen Beckenrand des noch immer renommierten Gesundbrunnens. Mit einem Gummimützlein gar eitel bekleidet, wollte ich mich dem

In der Familie Weinberg ist die Verzweiflung groß. Moritzl ist immerhin schon viereinhalb Jahre und kann noch immer nicht sprechen. Er sagt kein Wort und gibt keinen Laut von sich. Vater und Mutter Weinberg ziehen von Arzt zu Arzt, von Spital zu Spital, von Klinik zu Klinik, von Professor zu Professor. Kein Resultat, Moritzl ist stumm. Da – eines Tages, es ist gerade der 1. Mai, draußen dröhnt Marschmusik – sitzt Moritzl beim Frühstück. Schön angefressen und pausbäckig, nimmt er in beide kleinen Patschhände seine Kakaoschale, macht einen Schluck, spuckt alles wieder auf den Tisch und schreit: „Pfui, ist das aber heiß!" Glücklich stürzen Vater und Mutter

Weinberg zu ihrem Kind und sagen: „Moritzl, du kannst sprechen, das ist ja fabelhaft. Moritzerle, wieso ist dieses Wunder passiert? Gott hat geholfen.“ Da lächelt Moritz und sagt: „Aber nein, meine liebe Eltern, ich hab’ immer sprechen können. Es war nur bis jetzt alles in Ordnung.“

Naß hingeben. Da trat derselbe Gralshüter der Sauberkeit schweren Fußes an mich heran, hob den derben Zeigefinger seiner fleischigen Rechten und dozierte: „Untersuchungen haben ergeben, daß Badehauben Bazillenträger sind, also runter mit dem Gummihelm und bloßen Haares in die Flut!“ Ich war perplex und schmähstad, was bei mir ein Zeichen totaler Verwirrung ist.

Da fielen mir die Kalorieneiertänze ein, und ich begriff: Der Fünfjahrestakt hat auch bis ins Schwimmbad gewirkt. Fett rauf, Fett runter, Badehaube rauf, Badehaube runter. Denken Sie nach, Verehrteste (Verehrtester), sicher haben Sie selber schon x solche Erlebnisse gehabt. Standski zum Hang, weg vom Hang, linke Schulter vor, rechte Schulter vor. Wäre man nicht so vergeßlich in unserer schnellebigen Zeit, man würde dem Irrsinn anheimfallen. Ein Glück, daß nicht nur die Blechtrotteln, sondern auch wir manchmal all die Einspeicherungen durcheinanderhauen. Ein liebenswerter, weil gar menschlicher Zug von uns – und von den Herren Computern aller Generationen. Wir beginnen uns sehr ähnlich zu werden. Die Computer und wir. Fein, was?

Glückselig über diese Erkenntnis, greife ich zur Packung und speichere mir eine Smart ein. Dann beruhige ich mich. Es war ja schon immer so. Im Krieg, zum Beispiel, war einer, der was getan hat, was den damaligen Behörden nicht in den Kram paßte, sehr unwürdig. Er durfte und durfte nicht ins Ehrenkleid schlüpfen und hatte nicht den Vorzug, an die Front zu gehen und sich dort für Volk, Führer und Vaterland totschießen zu lassen. Andere wieder – die auch was auf dem Kerbholz hatten – wurden wieder an die nämliche Front strafversetzt. Schon damals habe ich mich nicht ausgekannt. Und heute, da mein armes Hirn schon zu verkalken beginnt – heute soll ich das alles begreifen? Nein – das ist zuviel verlangt.

Verwirr dich nicht, rufe ich aus, und meine Stimme hat einen bittenden Klang. Da fällt mir mein medizinischer oder soll ich besser sagen, medizynischer Freund Leo Ebm in Groß-Enzersdorf ein. Medizinalrat und Arzt aus Leidenschaft. Ich suchte seinen medizinischen Rat, als ich einen Steinbruch in der rechten Niere hatte. Er und ein berühmter Neben- und Hauptnierenprofessor

In der Schule fragt der Lehrer seine vor ihm sitzenden Schüler: „Habt ihr noch Großväter?" Drauf der kleine Maxi: „Ja, bitte, mein Großvater ist schon sechsundsechzig Jahre alt." Lehrer: „Und betreibt er Sport?" Maxi: „Ja bitte, Herr Lehrer. Er macht noch jeden Sonntag einen Fitmarsch von zehn Kilometer." Der Lehrer ist begeistert: „Bravo, Maxi. Und du, Ferdinand, hast du auch noch einen Großpapa?" – „Ja", sagt der Ferdinand, „meiner ist schon sechsundsiebzig. Und er fährt noch jeden Tag fünf Kilometer mit dem Radl in den Schrebergarten." Der Lehrer ist ganz begeistert. Da springt Moritzerl in die Höhe und kräht: „Mein Großvater ist schon sechsundneunzig, und der campiert noch." Der Lehrer ist begeistert. „Ja, das ist ja hervorragend. Wo campiert er denn?" Drauf Moritzerl schlau: „Unterm Sauerstoffzelt."

brachten den Quälgeist, ohne operieren zu müssen, dazu, mich auf dem rechten Harnwege zu verlassen. Ich fragte – kindliches Gemüt, das ich nun einmal bin –, wie man eine neuerliche Steinbildung verhindern könne. Die lapidare Antwort des Medizinmannes war: Iß einmal zwei Jahre keine Innereien – wenn dann ein neuer Brocken entsteht, iß zwei Jahre keinen Spargel – wenn trotzdem ... dann zwei Jahre keine Paradeiser, zwei Jahre keinen Spinat, und wenn du zwei- bis dreihundert Jahre alt bist, wirst du genau wissen, welches Nahrungsmittel schuld an deinen Steinbildungen ist. Also wie gesagt: Verwirrt mich nicht – bitte!! Amüsiert mich lieber, so wie eine Zeitung, die an einem einzigen Tag folgende Titel brachte:

„Verwandte weinten an Omas Grab – der Sarg war leer."

„Türke kassierte für sieben Kinder, er hatte gar keine."

„Auch Prinzessin Anne braucht eine Schulter zum Anlehnen."

„Sektenführer (ich bin Jesus!) sprang aus dem Fenster – tot."

„Englischer Forscher: Freßlust ein Instinkt aus der Steinzeit."

„Bergsteiger stürzt vom Kölner Dom."

No, ist das nix?

Herr Marmorek und seine Frau fahren nach New York, zur Mutter. Die stürmische Überfahrt verursacht ihnen Seekrankheit. Als sie im Hafen von New York ankommen, steigt gerade ein Taucher aus dem Wasser. Blickt Marmorek auf seine Frau – klärt (denkt nach), klärt noch einmal und sagt: „Siehst du, Margot, das hätte ich wissen müssen! Wäre ich zu Fuß gegangen."

Uniformiert oder Uninformiert?

Oft könnte ich laut auflachen, wenn ich beobachte, wie Wünsche und Wirklichkeit sich nicht vereinen lassen. Da redet man allerorten von der Individualität, verurteilt mit Recht jede Art von Bevormundung und steht plötzlich macht- und tatenlos vor einer Tatsache, die sich vor unser aller Augen vollzieht. Wieso? Zum Beispiel so:

Der auf Eigenständigkeit und Entscheidungsfreiheit bestehende Mensch betritt ein Flughafen-

John Breuer, bedeutender Geschäftsmann aus Los Angeles, bereist das gute alte England. Olly – his wife – erspäht ein Schloß und will es haben. John, seit Jahren gewohnt, Olly jeden Wunsch von den Augen abzulesen, beschließt flugs und ohne zu zögern den Kauf. (Geld spielt ja bei Amerikanern in Märchen und Witzen, wie man weiß, keine Rolle.)

Man steht also vor dem Castle. Läutet, ein Kastellan öffnet und fragt steinernen Gesichts nach Wunsch und Begehr.

„Wir hören, dieses Schloß ist zu verkaufen."

„Treten Sie ein!"

Man besichtigt, ist angetan.

Dann stellt John eine Frage: „Sagen Sie, mein Lieber, Sie müssen wissen, ich fürchte mich vor Geistern, gibt es hier ein Schloßgespenst?“

„Nein, Sir, sicher nicht – ich müßte es wissen!“

„Wie lange, mein Lieber, sind Sie schon hier, daß Sie alles so genau wissen?“

„Auf den heutigen Tag sind es – Sir – sechshundert Jahre.“

gebäude und wird in diesem Augenblick zum Frachtgut, mit dem man herummanipuliert, das man abstellt, ab- und aufruft, warten läßt und endlich verlädt, verschickt, auslädt, abfertigt, kontrolliert, durchsucht und schließlich freiläßt, wie man einen Kanarienvogel aus dem Käfig jagt, in der Gewißheit: Der kommt wieder! Und man kommt tatsächlich wieder. Ungeachtet aller Verspätungen, Streiks, Ungewißheiten und sonstigen Belästigungen. Denn siehe da: der Mensch der späten siebziger Jahre kann auf den Lufttransport nicht mehr verzichten, selbst nicht in der Gewißheit, daß man im Flugzeug das Gefühl des Reisens nicht mehr hat. Bemützt, bepelzt und behandschuht steigt man am heimischen Airport in den Transportflügler, um vier Stunden später schwitzend, keuchend und mit Atemnot kämpfend bei andersfarbigen Halbnackerten den Boden ferner Erdteile zu betreten. Nein, reisen kann man das ganz bestimmt nicht nennen. Aber was tut's? Man tut's!

Da hocken Junge und Alte in der Halle, nehmen protestlos zur Kenntnis, daß sie mit einer Verspätung von vier Stunden abfliegen werden, daß sie Anschlüsse versäumen und so fort. Dann steht ein Ungeduldiger auf, und hups – es erheben sich, einem Herdentrieb folgend, achtzig bis hundertzwanzig Passagiere, drängen stoßend und boxend zum Ein- respektive Auslaß, stehen daselbst zehn Minuten herum, beobachten hoffnungsfroh jede vorübergehende Putzfrau, halten jeden uniformierten Mistkübelausleerer für ihren Piloten, merken, daß sie weiterwarten müssen, und versinken wieder in Apathie, hocken nieder und erheben sich allesamt wieder, wenn einer auch nur Anstalten macht, aufs Häusel zu gehen. Dieses Spiel ist weltweit zu beobachten und wird vorzüglich von denen gespielt, die am lautesten nach völliger Freizügigkeit schreien.

Mir scheint dieser Zustand sehr typisch für unsere reglementierte Welt zu sein, in der die Jugend aller freien Länder die Uniformen haßt, die Gleichmacherei verurteilt und sich freiwillig in verwaschene Blauhosen, bedruckte Ruderleiberln kleidet, Lederbandeln um den Hals hängt und bei jedem Wetter in Turnpatschen herumschlurft. Millionen und aber Millionen Uniformgegner haben sich uniformiert, um unisono und uniform gegen die Gleichmacherei der Uniform zu demonstrieren. Ist das zu verstehen? Nicht für mich. Ich stehe diesen Tatsachen verständnis- und fassungslos gegenüber. Denn – Spaß beiseite! – wir werden unterordnet. Von wem? Das ist es eben. Niemand will es, und es geschieht trotzdem.

In einem diktatorisch geführten Land ist Wahl. Sie wissen, so eine 99,8-Prozent-Wahl. In ein Wahllokal kommt zum Vorsitzenden der Kommission ein älterer Mensch, übergibt seinen Personalausweis. Der Vorsitzende übernimmt ihn, trägt ein: Brichatschek, Nr. 2378, und übergibt dem Herrn Brichatschek ein geschlossenes, zugeklebtes Kuvert mit den Worten: „Es ist schon alles fertig und vorbereitet. Wir haben für Sie gearbeitet! Schmeißen Sie das Kuvert nur dort in diese Urne.“ Der Herr Brichatschek greift in die Tasche, zieht ein Federmesser heraus und öffnet bedächtig das zugeklebte Kuvert. Da schreit der Wahlleiter entsetzt: „Um Gottes willen, Herr Brichatschek, was machen Sie denn! Das dürfen Sie doch nicht! Es ist doch eine geheime Wahl!“

Der Nummernmann

So bin ich zum Beispiel auf einmal mir nix, dir nix ein Nummernmensch geworden. Das Zweite Deutsche Fernsehen teilt mir soeben mit, daß mir eine Kennummer zugeteilt wurde. Heureka! Ich habe also eine ZDF-Kennummer, eine Sozialversicherungsnummer, eine Telefonnummer, eine Kraftfahrzeugnummer und so fort. Aber dieses numerierte Dasein zieht sich durch mein ganzes Leben, denn ich hatte ja schon in der Schuschnigg-Zeit eine Kennkartennummer, dann eine Feldpostnummer, eine Wehrmachtsgefängnisnummer, eine Kriegsgefangenennummer, und so ist es kein Wunder, wenn die Leute sagen: Der Muliar, der is a Numma!

Und das ist es, was ich nun so gar nicht sein will. Ich will ein freier Bürger in einem freien Land sein, und alles, was mit Zwang und Numerierung zu tun hat, ist mir tief in der Seele zuwider. Deswegen bin ich auch kein Verehrer von gleichmachenden Uniformen, und deshalb lache ich meine Söhne aus, wenn sie den Kostümen unserer tapferen Streitmacht nur Horrorgedanken widmen, aber millionenweise freiwillig jene Blauhosen ... siehe oben. Und dazu Schuhe an den Füßen, die meine Großmutter in der Waschkuchl trug und die man Holzschlapfen genannt hat.

Es uniformiert uns, es numeriert uns und es macht uns Angst. Es? Ja, wer denn sonst?!

Ich bin Manns genug, um es zuzugeben: Ich hab' richtig Angst. Seit Wochen zieht und sticht es mich, ich bin schwindlig und hab' Kopfweh. Der Grund? Die neu angelaufenen „Aufklärungskampagnen" gegen Krebs und Herzinfarkt.

Ja, ja, ich begreife schon, daß man dem Menschen Angst machen muß, um ihn auf seine teure Gesundheit aufmerksam zu machen und ihn dazu zu bringen, daß er für dieselbe auch was tut. Aber,

Kommt einer zum Arzt und klagt: „Herr Doktor, seit Wochen huste ich! Alles hab' ich schon eingenommen. Pillen, Tropfen, inhaliert hab' ich, Glühwein hab' ich massen- und literweise in mich hineingeschüttet, nix nutzt! Herr Doktor, helfen Sie mir, bevor ich zu verzweifeln beginne!"

„Ja", sagt der Medizinmann, „lieber Herr Steiner, gegen Ihren Husten gibt es nur mehr eine Arznei. Legen Sie sich ins Bett und nehmen Sie ein starkes Abführmittel."

„Wieso", meint Herr Steiner mit großen Augen im roten Gesichterl, „muß ich dann nimmermehr husten?"

„O ja", schmunzelt der Onkel Doktor, „husten müssen S' schon, aber traun wern S' Ihna net."

man sollte das, so glaube ich, nicht übertreiben. Es besser dosieren. Ich berufe mich auf einen Artikel der UNO-Charta: Freiheit von Angst! Und die professionellen Angstmacher mögen wissen oder itzo zur Kenntnis nehmen: Wir Halbrunden sind nun einmal sehr dünnhäutig und empfindlich. Außerdem sind von den Knaben und Mädchen meiner Altersklasse eh nur noch zwanzig Prozent gesund und nervlich intakt. Uns müßt ihr behutsam erziehen, nicht mit Horror-Artikeln hinter unsere Verschanzung treiben, die da ist: Noch mehr arbeiten und alles, was gut schmeckt, von Germknödl bis g'röste Leber, vertilgen. Wir versprechen dafür, wenn ihr uns nicht schockt, ein bisserl abzunehmen, kürzer zu treten und brav Pilli-Pilli zu schlucken, weil wir ja sowieso wissen, daß es das Wetter – Föhn? War das früher auch so? – allein nicht ist.

Ist ein gar heikles Thema, die Angst. Wir, die wir Diktaturen überstanden haben, wir haben echtes Mitgefühl für jene, die auch heute noch erschrecken müssen, wenn um sieben Uhr früh die Türklingel schrillt. Wir hatten wenigstens die Hoffnung, hatten die Fünfzig-Prozent-Chance, daß es der Milchmann ist, aber die, die armen Schweine? Es gibt ja so lange schon keinen Milchmann mehr. Und weil ich dieses Würgen im Hals, den Griff nach dem Herz, den Patzen Plastilin im

Magen kenne, deswegen sind meine Gedanken in letzter Zeit so oft bei denen, die Angst haben und trotzdem Helden sind. Bei den Dichtern und Schauspielern, Ärzten und Exministern, denen es aufgetragen, aber auch gegeben ist, die Wünsche ihrer Völker zu artikulieren. Ich denke in letzter Zeit oft und mit Achtung an sie, die ängstlichen Helden, die mir lieber sind als uniformierte Hohlköpfe, die Helden werden, weil sie zu dumm sind, die Gefahr zu erkennen.

Chapeau!

Solche ängstlichen Helden gab es damals im Tausendjährigen Reich, diesseits und jenseits des

Da stehen in Prag zwei Männer auf der Straße. Spielen Rätselraten. Zum Beispiel, wenn man einen Nagel in einen Holzklotz einschlägt – wohin kommt das Holz, das vorher dort war. Oder: Wenn man eine Kerze anzündet, wohin kommt das Wachs und so fort. Und zum Schluß schaut der eine den anderen listig an und fragt: Was ist das neutralste Land der Welt? Antwort, die Schweiz. – Nein. Schweden? Nein. Österreich? Nein. Ja, was denn? Die Tschechoslowakei. Erstauntes Augenaufreißen. Wieso die Tschechoslowakei? Wir dürfen uns nicht einmal in unsere eigenen Angelegenheiten einmischen.

großen Wassers, in nicht allzu kleiner Zahl. Über sie, die Emigranten, müßte man ganze Bücher schreiben (sie werden eines Tages auch noch geschrieben werden). Es gehörte damals schon besonderer Mut und außergewöhnliche Kraft dazu, einfach zu überleben. So zu tun, als hätte man die Zukunft in der Tasche. Und dabei doch an die Heimat zu denken. Und also kommt mir ein Scherz in den Sinn oder eine Episode oder wie man so etwas eben nennen will. Harmlos. Aber aus jenen Tagen.

Also: der berühmte Schauspieler und Bonvivant, der Amerikaner Arnold Korff, der viele Jahre in Österreich gelebt hat, ein Vorgänger Anton Edthofers, spazierte 1940, schon während des Krieges, mit Hans Jaray über den Broadway. Folgendes Gespräch: Sag' einmal, Hansl, bist du Jäger? – Nein, ich bin kein Jäger. – Macht nix, sagt Korff, es wird dich trotzdem interessieren. Also paß auf, Hansl. Auch wannst nicht Jäger bist, es ist interessant. Ich bin vor vielen Jahren einmal bei einem Freund von mir zur Jagd eingeladen gwesen, und da sind wir schon um fünf Uhr früh auf die Pirsch gangen. Sag amol, bist du Jäger? – Nein, ich bin nicht Jäger. – Macht nix, es wird dich trotzdem interessieren. Also paß auf. Wir gehen also auf die Pirsch, der Nebel braut, die Sonn' geht langsam auf, ein herrlicher Tag kündigt sich an, und um Viertel sechs sitzen wir am Anstand. Du bist zwar ka Jäger, aber paß gut auf, es wird dich trotzdem interessieren. Also, wir schauen beglückten Auges in der Runde herum, der Wald, die Wiesen, das Feld, der herrliche Himmel, es fangt an, blau zu werden, und da sind wir von halb sechs, du bist zwar kein Jäger, aber es wird dich trotzdem interessieren, von halb sechs bis um halb neune am Anstand gsessen, und ham nicht ein Stückl Wild gesehen. Siehst, Hansl, du bist zwar ka Jäger, aber es wird dich trotzdem interessieren. Siegst, seit damals begreife ich, warum die Jagd auf französisch la chasse heißt.

In Texas sitzen die Cowboys im Saloon. Da kommt ein kleiner, o-beiniger Bursche mit Schielaugen und Riesenhut durch die Schwingtür getaumelt. In jeder Hand einen Revolver. „Wer“, schreit er, „wer hat mir mein Pferd weiß angestrichen? Das Schwein soll sich melden!“ Da erhebt sich ein Zwei-Meter-Mann ganz ruhig und sagt leise: „Ich war es, Kleiner.“ Da zuckt der Zwerg und sagt still vor sich hin, wobei er lächelt: „Mister, es ist schon trocken. Sie können lackieren kommen.“

Andererseits: wenn man es wiederum allen recht machen will, nicht mit Scheußlichkeiten, sondern mit Lieblichkeiten … na ja, die Wahl tut mir weh. Zum Beispiel wurmt mich seit längerem die Sache mit den „Senioren“. Und diesen langen Wurm will ich endlich loswerden.

Wir befinden uns nämlich inmitten der „Senioren“-Welle. Man muß allerdings abwarten, wie lange sie anhalten wird. Bis zur nächsten Wahl? Länger? Ich bin da ein bissel skeptisch. Zur Zeit überpurzeln sich die Marionettenspieler, die die Drähte der öffentlichen Meinung in der Hand haben, förmlich vor Aktivität. Ihre Kotaus sind so tief, daß es ihnen kaum mehr gelingt, dem Problem selbst ins Auge zu schauen. So schön das alles klingen mag, so sehr das alles „zieht“, so sehr

Am dreißigsten Hochzeitstag geht ein noch immer recht stämmiges Paar durch die Wiesen wie damals vor eben dreißig Jahren. Der Hias hat sein Mariedl um die breiter gewordene Hüfte gefaßt und hält sie fest. Lachend und zufrieden schlendert das stattliche Paar am Waldesrand entlang. Da kommen sie auf einer Lichtung, unbemerkt von der Umgebung, zu einem Zaun. „Siehst es“, sagt der Hias, „da an dem Zaun … da an dem Zaun, da ham mir des erste Moa ... wast eh ... erinnerst dich eh ... gö ... zum ersten Moa. Wia war's, wann ma des jetzt wieda tatn?" Sie ist einverstanden und es geschieht, an den Zaun gelehnt. Nachher schnauft er gewaltig und sagt: „Sakra, sakra, du bist ja feiriger als vor dreißig Jahren." Drauf sie kichernd: „Vor dreißig Jahren hat's ah noch keine elektrischen Zäune gegeben."

es kurzfristige Freude macht: die Probleme bleiben. „Seniorenclub", „Seniorenjause", „Senior aktuell", alles gut und schön, aber, Teufel noch einmal: man merkt die Absicht und man ist verstimmt. Es glaubt doch wirklich niemand im Ernst daran, daß man mit einer Gugelhupfjause und einer, wenn auch reizend gemachten Fernsehsendung, mit einer dann und wann erscheinenden Zeitung und mit markigen Worten dem Problem alter Menschen wirklich zu Leibe rücken kann.

Schon allein das Wort „Senior" (lateinisch der Ältere) treibt mir den Schweiß auf die Stirn. Himmeldonnerwetter, es ist doch keine Schande, ein Älterer, ein Alter zu sein. Mit dem Wort „Senior", dieser Humanitätstuchent, wird man auch nicht verdecken, daß da Leute gemeint sind, die halt Falten im Gesicht haben, die nicht mehr sehr beweglich sind, die nach einem langen, meist arbeitsreichen Leben Pflege und Betreuung brauchen, und die meist sehr, sehr einsam sind. Man wird mit Clubs, Jausen und Zeitungen niemals vertuschen können, daß die Herren Söhne und die Damen Töchter ihre Zuneigung zu den „Alten“ darauf beschränken, besagte „Senioren“ zu den „einschlägigen“ Veranstaltungen zu kutschieren, sie dort wieder abzuholen, dann den so betreuten Familienaußenseiter als Kindswart (modern: Babysitter) einzuteilen und ins Vergnügungsleben zu verschwinden. Oder sich auf Wochenendurlaub zu begeben oder was halt sonst noch Spaß macht, wenn man lieber allein – nämlich ohne Senioren und Junioren – hingeht.

Dem mit offenem Parteiherzen Herantretenden, dem auf höhere Umsätze Spekulierenden, dem sich neue Märkte erschließen Wollenden sollten die „Senioren“ einmal sagen:

Wir freuen uns über eure Zuneigung, aber die Liebe und das Verständnis unserer Kinder wäre

Eine Ehefrau kommt verspätet zum Mittagessen. Hochrot im Gesicht stürzt sie herein und ruft: „Entschuldige, mein Lieber, ich hab' mich verspätet, aber ich war im Schönheitssalon.“ Der Mann knurrt hinter der Zeitung hervor: „Und warum haben sie dich nicht drangenommen?“

uns sehr viel wichtiger, wir, die Alten, die Pensionisten, schätzen (außer dem dummen Wort „Senioren“) alles, was ihr für uns tut. Aber sympathisieren werden wir nur mit denen, die sich derart um uns kümmern, daß wir etwas davon haben. Und haben können wir nur was, wenn ihr uns wenigstens für ein paar Stunden in der Woche unsere Kinder, unsere Enkel zurückgebt. Nicht uns anagitieren sollt ihr – mit unseren Söhnen, unseren Töchtern sollt ihr reden. Redet sie nicht nieder, sondern redet ihnen ins Gewissen. Erzählt ihnen von Dingen, die zu erzählen uns unser Stolz verbietet. Von unserer Einsamkeit. Von dem Abstellgleis, auf das sie uns geschoben haben. Wir wollen nicht so geehrt werden wie die Alten in früheren Zeiten; wir wissen, daß sich die Sitten geändert haben. Wir suchen keinen Dank und

Vor einem Fleischhauerladen in Moskau stehen die Menschen Schlange. Um sieben Uhr wird geöffnet. Es ist drei Uhr früh. Die Menschen frieren – aber wem schadet es? Um sieben Uhr gibt es Fleisch! Man wartet geduldig. Um halb vier Uhr kommt ein Polizist und ruft: „Genossen, es wird weniger Fleisch geben als erwartet. Alle Juden sollen sofort nach Hause gehen.“ Sie gehen – ohne zu murren. Um halb fünf Uhr kommt der Polizist wieder: „Es wird noch weniger Fleisch geben –

alle Kirgisen müssen heim." Um fünf Uhr schickt man die Georgier weg und um halb sechs Uhr die Armenier. Um sechs Uhr die Tscherkessen und um halb sieben Uhr die Ukrainer. Um sieben Uhr stehen nur noch waschechte Moskauer vor der Tür. Da kommt der Fleischhauer und sagt: „Genossen – leider – es ist überhaupt kein Fleisch gekommen. Geht alle nach Hause."

Da murmelt ein Moskauer dem anderen ins Ohr: „Da siehst du's wieder, Väterchen – überall haben sie Protektion, die Juden."

schon gar kein Mitleid, wir wollen nur unseren Teil von dem, was uns zusteht. Wir wollen nicht einmal mit euch, aber wir wollen neben euch alt werden. Wer braucht Dank, wer will Anerkennung? Ein gutes Wort, ein liebevoller Blick ist mehr als hundert Muttertage. Eröffnet uns keine „neuen Perspektiven", nein, öffnet uns lieber wieder eure Arme. Ja, nehmt uns von Zeit zu Zeit in die Arme, wie wir es mit euch gemacht haben, als wir die Jungen und ihr die Kleinen ward. Macht aus eurem Herzen keine Mördergrube und aus uns, bitte, keinen Industriezweig. Wir haben vielleicht nicht mehr viel Zeit, aber den Rest, der uns bleibt, den wollen wir mit euch verbringen. Ihr könnt von unseren Erfahrungen, unserer Geduld, unserem Wissen euch etwas nützlich machen, und uns hilft eure Jugend, euer Schwung und eure Kraft. Laßt aus dem Senior ruhig wieder „den Alten" werden. Alter ist nichts, auf das man sich etwas einbilden kann, aber schämen braucht man sich dafür schon gar nicht. „Geh, Alte, schau ..." heißt es im „Dreimäderlhaus". „Geh, Seniorin, schau" wäre aber auch wirklich zu blöd.

Ich muß gestehen: Ich meinerseits hab' nix dagegen, älter zu werden. Nicht nur weil es ja eh nix nutzt, etwas dagegen zu haben. Auch denke ich nicht so sehr an den Spruch, den ich unlängst in der Ordination eines Doktors gesehen hab': Alt zu werden, ist nicht gut, aber es ist immer noch die einzige Möglichkeit, lange zu leben. Nein, ich hab nichts gegen das Altern. Es lehrt einen, wie wichtig die einfachen, friedlichen Dinge sein können.

Der sündige Parker

Natürlich ärgert man sich über dies und jenes. Aber man lernt mit der Zeit, zwischen kleinem Ärger und großem Zorn zu unterscheiden. Auch dazu ist das Altern gut.

Wie war das nur unlängst? Ein Tag, wie man sich einen Frühsommertag vorstellt. Kein Wolkerl am Himmel, warm und strahlend. Ich hatte nach langer Zeit endlich einmal ein paar freie Stunden. Und ich habe sie benützt, um endlich wieder einmal zu Fuß durch meine Stadt zu schlendern. Ja, durch Wien. Ja, zu schlendern. Aber durch meine Stadt ...?

Dieses Wien gehört nicht mehr mir oder uns allein. Überall schaulustige Fremde, Menschen aller Nationen. Autobusse, Flugzeuge und Eisenbahnen haben ihre Fracht abgeladen, und da laufen sie nun, fotografierend, staunend und gehetzt durch die Wienerstadt: Inderinnen im bunten Sari, blauhaarige Amerikanerinnen, gestikulierende Italiener

Nach vielen Jahren des Sich-Nichtsehens treffen sich auf der Kärntner Straße – Sie wissen, Fußgängerzone – zwei uralte Freunde. Das heißt, sie haben miteinander die Schule besucht, sie haben miteinander maturiert, sie sind miteinander durch alle Fährnisse des Lebens gegangen. Dann hat man sich verloren, nun endlich trifft man sich wieder. Großes Hallo, Sich-Umarmen, Auf-die-Schulter-Klopfen.

Da sagt der eine: „Du, jetzt muß ich aber weiter in Geschäften, aber es wär' fein, wenn wir miteinander ein Glasl Wein trinken könnten. Besuch mich doch morgen abend." Der andere drauf: „Morgen abend geht es nicht, morgen abend spielt der Schapira."

Da zieht der erste seinen Kalender heraus und sagt: „Ich muß dann dringend nach New York, bin aber in einer Woche wieder zurück. Wie wär's am 4. Mai, um zwanzig Uhr bei mir zum Abendessen?" Da zieht der andere ebenfalls seinen Notizblock, sagt: „4. Mai, ausgeschlossen, da spielt der Schapira."

„Dann machen wir einen anderen Termin aus. Was wär' mit dem 6. Juni?"

„Moment, ich schau nach. Da geht's nicht, da spielt der Schapira."

Da wird der erste wütend und sagt: „Na, sag einmal, wer ist der Schapira? Was spielt er? Wo spielt er?"

Drauf gibt ihm der zweite die Antwort: „Wer er ist, lieber Freund, weiß ich nicht, was er spielt, weiß ich auch nicht, wo er spielt, schon gar nicht, aber wann er spielt, das weiß ich, weil dann bin ich bei seiner Frau!"

und Spanier und wohl der eine oder andere Osteuropäer. Und ich versuche nun, die Stadt mit ihren Augen zu sehen und mir vorzustellen, was sie von uns und wie sie über uns denken.

Schlauer Fuchs, der ich bin, habe ich meinen Wagen in einer Tiefgarage versteckt, damit meine Freunde vom Wachzimmer am Schmerlingplatz nicht wieder in die peinliche Lage kommen, mir einen neuen Gruß hinter die Scheibenwischer klemmen zu müssen.

Müssen sie wirklich? Das ist die Frage, die mir den Schlaf raubt. Und dazu fällt mir ein Geschichterl ein. Dieses Geschichterl ist erzählenswert, weil es so einfach und einfach so widerlich ist, daß man es berichten muß. Die Stadt, in der es spielt, ist eine große, schöne, angenehme Stadt. Es kommt auch eine Polizeiwachstube vor, und die befindet sich nicht am Schmerlingplatz. Die Stadt ist groß, aber sie ist keine Weltstadt mit auch in der Nacht pulsierendem Verkehr. Net so wie in Paris, Berlin oder gar Athen oder Rom. Nein. Im Zentrum dieser Stadt, in der unsere Geschichte spielt, ist ab 21 Uhr wenig los – die Bürger haben sich, wenn es sich geldlich ausging, in die Villenviertel, wenn nicht, in die Großsiedlungen an den Stadtrand verzogen. Der traumschöne Stadtkern ist kaum bewohnt, nur wenig befahren – nach 21 Uhr, wie gesagt.

Ein Mensch hat ein etwa zehn Kilogramm schweres, größeres Bild aus eben diesem „Zentrum" abzuholen. Was tut der Schlaue? Er fährt erst nach seiner Tagesarbeit und dem Abendessen um halb zehn (21.30 Uhr) ins Stadtinnere. Wenig Verkehr, no Sie wissen eh schon! In der Nähe des Hauptplatzes stehen Autos am Straßenrand – Parklücken gibt es keine –, aber ...! Ja, da ist ein feinsäuberlich freigehaltenes Halteverbot. Etwa dreißig Meter lang. Genug, um dort hinzusteuern – verbotenerweise (!) für sechs Minuten, um stehenzubleiben –, denn sein Sohn kommt sicherlich gleich mit dem abzuholenden Bild aus dem Haus. Wenn nur kein Polizist ...! Der Bürger steigt aus dem Wagen, sein Sprößling erscheint in der Haustür und ruft ihm zu: „Komm, Vater, hilf mir tragen! Der Schinken (er meint das Bild) ist so schwer." Unser Mann überquert die Straße, blickt mit List zurück zum Fahrzeug und da ... zwei Polizisten schlendern, fröhlich plaudernd, einher. Na, denkt sich unser Mann, wenn die was dagegen haben, daß ich hier stehenbleibe – sie werden es mir schon sagen, mir deuten, winken! Aber nichts geschieht! Beide Beamten schlendern fröhlich plaudernd vorbei, weder Mann noch Wagen beachtend.

Flugs hüpft unser Freund, des Lastentragens ungewohnt, ins söhnliche Haus, stürzt in den Keller, schleppt das Bild in Eil und Hast mit Kindeshilfe ins Licht der elektrischen Straßenbeleuchtung. Kofferraum auf – das Bild verstaut –, Kofferraum zu und hinters Steuer geklemmt. Da sieht er – er traut seinen Augen nicht – ein Strafmandat hinter dem Scheibenwischer, aber weit und breit keinen Polizisten mehr. Weder den jungen noch

Ein Burgen ..., nein, ein Ostfriese und ein Affe werden in einem Raumschiff auf den Mars geschickt. Oben angekommen, greift der Affe nach einem Kuvert, öffnet es und liest laut die Anordnungen, die man ihm mitgegeben hat. Raumanzug anziehen, Helm aufsetzen, Raumschiff öffnen, aussteigen, Raumschiff schließen. Zwanzig Schritte machen, Gesteinsproben entnehmen. Mit der linken Hand in die linke Tasche des Raumanzuges greifen, das dort vorbereitete Säckchen nehmen, Gesteinsproben einfüllen, Säckchen zuschließen und mit kleinem Apparat (rechts vorn am Raumanzug) zuschweißen, damit keine Luft dazukommt. Säckchen einstecken, zwanzig Schritte zurück zum Raumschiff gehen, Raumschifftür öffnen, einsteigen, Raumanzug ausziehen, Helm abnehmen, starten, losfahren, Funkverbindung mit der Erde aufnehmen. Na bumm, denkt sich der ... Ostfriese! Wann der Aff' schon so schwere Aufgaben hat, was wird man denn da für mich vorbereitet haben. Zieht seine Order heraus, öffnet das Kuvert und liest: Bitte Affen alle zwei Stunden füttern.

den älteren. Zorn, Unglaube, nein, das gibt es nicht, man hat mich gefoppt, hineingelegt, so mies kann ein Beamter in unserem Land nicht handeln. So mies können sich zwei schon gar nicht benehmen. So denkt unser Freund und fährt zur Polizeistation. Ein höflich-strenger Kommandant belehrt ihn, daß Gesetz eben Gesetz sei und die Straße kein Kindergarten. Die Ordnungshüter können, müssen aber nicht warnen. Noch dazu sei dies eine Polizeistation, wo junge Aspiranten der öffentlichen Ordnungshut ausgebildet werden. Zu welchem Zweck ausgebildet – fragt unser Freund –, zu zynischem, hochmütigem, intolerantem Verhalten dem Steuerzahler gegenüber? Man wolle doch immer mit dem Volk zusammenarbeiten – mit solchen Leuten aber will er – auch ein Teil des Volkes –, aber schon gar nichts mehr zu tun haben. Man solle ihn mit Aufrufen zur Mitarbeit oder gar mit Ballkarten zu Polizeifesten und derlei in Hinkunft nicht mehr belästigen. Korrektes Schweigen ist die Antwort – nur die Augen des Kommandanten lachen sich eins. Ein Siegerlächeln scheint es zu sein! Brrr! Die Anzeige wird erstattet, basta! Der Mann geht zuerst wütend, dann traurig. Um eine Erfahrung reicher und um ein Stück Vertrauen ärmer.

Schade! Denn nicht nur, daß Vorschrift Vorschrift ist, sollten die Polizeischüler lernen, sondern auch, daß es zu ihren Pflichten gehört, den Bürger vor Schaden zu bewahren. Auch vor Schaden, der ihm von seiten der Polizei droht. Das sollte man dem Chef der Ausbildungsabteilung deutlich machen. Was hiermit geschehen ist!

Denn die große, wunderbare (fast) Weltstadt ist – wie Sie längst bemerkt haben werden – Wien, und die Polizeistation befindet sich Am Hof, im Ersten Bezirk dieser Stadt. Und nun frage ich erneut laut und deutlich: Müssen sie denn das?!

Die Waffen nieder, die Hüte auf!

Da gehe ich nun, ein sündiger Parker und gestrafter Mensch, laß' Erinnerung und Ärger verrauchen und stelle mir vor, ich sei ein Franzose. Oder ein Ami oder so was. Irgendein Sympathling eben, der Heim und Herd im Stich ließ und nach Wien geeilt ist. Wie gesagt: kein Wolkerl am Himmel. Der Franzose oder der Ami oder was ich eben bin, schlendert gemächlich.

Ich spaziere an der Albertina und am hundertjährigen Hotel Sacher vorbei, hinaus auf den Ring. Kinder, ein Traum! Blühende Bäume, bunte Straßenbahnen, flatternde Fahnen. Vor der Oper zwei große W (wie wenn wir nicht schon genug W in Wien hätten!). Mein Blick fällt auf Plakatständer. Lustige Plakate. Eines mit Trauerrand und der Inschrift: „Karli, i drah mi ham!" Und das öffentlich in der Stadthalle, zweimal hintereinander. Oder ein Vogelviech mit der markigen Aussage: „Wo die Sozialisten herrschen, kreist der Pleitegeier!" Ich, der Franzose, denke: Chile, Argentinien und Italien sind der beste Beweis dafür.

Nun setze ich mich (der Franzose) in ein Ringstraßencafé. Ein Eiscafé kostet dreißig Schilling. Aber was soll's, Geld ist nicht alles, weg damit. Schon Altmeister Farkas hat dazu einmal treffend gesagt:

Ich kenne einen Mann, hat er erzählt, der hat zehn Millionen Schilling, seine Frau hat ihn verlassen, sein Sohn sitzt wegen Betruges im Gefängnis, und ihn hat der Schlag getroffen wegen all dieser Molesten. Ein Unglücklicher, trotz der zehn Mille. Und dann ist da ein anderer, und der hat nur fünf Millionen Schilling, ist mit einer Sexbombe verheiratet, die kocht wie der Küchenchef vom mindestens sechs Husaren, ist treu und hat ihm zwei gesunde, tüchtige Kinder geboren. Und

Fällt mir zum Thema einer ein? Nein! Zwei! Was ist der Unterschied zwischen einem Optimisten und einem Pessimisten? Der Optimist lernt Russisch, der Pessimist Chinesisch.

Oder, tiefsinniger gedeutet:

Sitzen da zwei vor einem halben Glas. Sagt der Pessimist: Das Glas ist ja schon halb leer. Sagt der Optimist freudig: Wieso, es ist doch noch halb voll.

der ist glücklich. Obwohl er nur fünf Millionen hat. Da sehen Sie: Geld ist nicht alles.

So sitze ich also eiscaféschlürfend auf der Terrasse, ein freundlicher Kellner schüttet mir einen ganz kleinen Braunen über den Kopf, und ich schaue verzückt auf den ach so kleinen Eckzinsfuß eines blondmähnigen Mädchens, das sich bei näherer Betrachtung als ein bekannter Schlagersänger aus Deutschland entpuppt. Aber was ficht es mich an? Ich bin in Wien, und es ist Frühling. Ich mache die Augen zu und bin glücklich. Die Sonne brennt, und es ist heiß. Heiß wie im Nahen Osten! Wie im Fernen Osten! Wie in der fernen Vergangenheit des Krieges! Und da spüre ich,

In einem Kaffeehaus sitzt ein schreibendes, bildhübsches Mädchen. Nach längerem Beobachten geht ein soignierter älterer Herr auf sie zu, stellt sich vor und sagt: „Gnädigste, darf ich Sie auf einen Kaffee einladen?“ Worauf ihn die Dame anschaut und laut, daß es alle Kaffeehausgäste hören, schreit: „Was, in ein Hotel?“ Der Mann zuckt zusammen. „Aber nein, Gnädigste, hier an einem Tisch möchte ich mit Ihnen Kaffee trinken.“ Das Mädchen noch lauter: „Was, in ein Hotel?“ Der Mann geht verzweifelt an seinen Tisch zurück, mit hochrotem Kopf, und versteckt sich hinter der Zeitung. Nach etwa zehn Minuten schlendert die

Hübsche auf ihn zu und sagt mit bezauberndem Lächeln: „Verzeihen Sie, daß ich Sie so erschreckt habe. Ich schreibe gerade an einer Dissertation – ich studiere nämlich Philosophie –, und da habe ich Sie als Versuchskaninchen benützt. Weil ich nämlich gerade über Reaktionen von Männern etwas zu arbeiten habe. Jetzt, mein Lieber, können Sie mich, wenn Sie mir verziehen haben, zu einem Kaffee einladen!" Da schaut sie der Kaffeehausgast lange an und fängt plötzlich an zu brüllen: „Zweitausend Schilling, sind Sie wahnsinnig?!"

nein, sehe mit geschlossenen Augen, wie eine Wolke aufzieht und mein Gemüt verdüstert. Ich denke, das ist doch dieselbe Sonne, die jetzt, grade jetzt, auf das Schlachtfeld scheint, auf all die Schlachtfelder von heute und von gestern.

Ich lasse die Augen geschlossen. Und sehe trotzdem: brennende Häuser, verängstigte Menschen, rollende Panzer. Oh, ich kenne die Geräusche. Krachen, Pfeifen und entsetzliche Schreie. Und plötzlich habe ich Angst, Angst um jedes Leben, Angst um den Frieden, um die ganze Welt. Mühsam öffne ich die Augen. Sonne flutet mir hinter die Stirn – und ein Wunsch. Ich möchte ruhig, ohne Angst, auf einer Kaffeehausterrasse sitzen – auf jeder Kaffeehausterrasse im Nahen und im Fernen Osten, überall. Und möchte sehen, wie die Menschen um mich herum ihren Kaffee trinken, Menschen im Fez oder in Tellerkappe, barhaupt oder in Tropenhelm, mit einem Mützerl oder meinetwegen mit einem Zylinderl. Da fällt mir etwas ein. Aber nein – vorher lege ich still meinen Obolus auf die Marmorplatte. Denn, der Farkas hat sehr recht gehabt: Geld ist wirklich nicht alles.

Alte und neue Hüte

Ich gehe über den Ring und denke mir: das mit den Kopfbedeckungen ist so eine eigene Sache. Herr Arafat trägt zum Beispiel ein schmuckes Fetzerl, das – man glaubt es nicht, aber er hat eine – seine Glatze verhüllt, der Maler Fuchs schmückt seinen Titus mit einem hausmeisterkappelähnlichen Gebilde, und mein Freund Wolfgang Liebeneiner trägt ein englisch' Käpplein, das gleich zwei Schirme hat. Einen vorn und einen hinten. (Wie salutiert er? Diese Frage brennt mir jeden Tag auf der Seele.) Wir schlichten Bürgersleut', wir sind da anders. Ich sammle wohl, aber ich trage nicht. No ja – die verschiedenen Kappeln, Helme und Hüt'! Sechs Jahre Helm ist genug für ein einfaches Gemüt. Zwei neue Prachtstücke habe ich erst kürzlich erhalten. Die Wiener Feuerwehr hat mir einen Helm verehrt, und von der VÖEST in Donawitz bekam ich einen blütenweißen Schutzhelm. Zwei fabelhafte Dinger.

Aber was sag' ich da! Ich sammle wohl, aber ich trage nicht? Natürlich trage ich auch. Allerdings nur beruflich. Und da hab' ich mir dann das eine oder andere gute Stück aufgehoben. Ehrlich gesagt: ich grapsch' es und trag' es heim wie ein Hamster seinen Proviant. Da hängen dann friedlich nebeneinander der Hut des Steinklopfer-Hannes, der Homburg des Jakobowski, Karls des Gerechten Fernsehschirmmütze und immer wieder das Militärkappel des Schwejk.

Na ja. Man kann mich ruhig auslachen, aber einen Vorteil hat meine Sammlung: sie geht nicht los. Bei Waffensammlern kann man das nicht so sicher behaupten. Daher: die Waffen nieder, die Hüte auf – und wenn es noch so alte sind. Nicht nur Pistolen, auch Hüte können gezogen werden. Das sollten sich da und dort allerlei Machthaber einmal durch ihre Köpfe gehen lassen.

In Moskau kommt ein Georgier am Flugplatz an, geht zu einem Taxichauffeur hin, komischerweise findet er einen, und sagt ihm: „Genosse, ich brauche Sie für den ganzen Tag." Der Taxichauffeur lächelt und sagt: „Lieber Freund, vom Flugplatz in die Stadt kostet es drei Rubel. Und dann steigen Sie aus und ich fahre weiter." Da greift der Georgier in die Tasche und gibt dem Taxler hundert Rubel und sagt: „Stehen Sie mir jetzt den ganzen Tag zur Verfügung oder nicht?" – „Natürlich, lieber Genosse, selbstverständlich. Was wollen Sie denn überhaupt in Moskau?"

Da lächelt der Georgier verschmitzt und sagt: „Schauen Sie, Genosse, ich will Stoff kaufen, Kaviar kaufen und das Lenin-Mausoleum besuchen."

Da ist es an dem Taxichauffeur, verschmitzt zu lächeln. „Wie lange haben Sie denn Zeit? Zwei Wochen, drei Wochen? Schauen Sie: Sie sind Georgier, Sie wissen es vielleicht nicht, aber es gibt schon lange keinen Stoff; Kaviar habe ich schon seit drei Jahren nicht gesehen, und Lenin-Mausoleum – lieber Freund? Delegazie, Delegazie, Delegazie." Der Georgier sagt: „Also fahren Sie mich zu einem Stoffgeschäft, und dann warten Sie um fünf Uhr vor dem Hotel International, denn ich habe vor, um sieben Uhr abends nach Tiflis zurückzufliegen."

Der Taxichauffeur tut, wie ihm geheißen, und am Abend erwartet er ihn vor dem bekannten Hotel. Da kommt, mit einem anderen Mietauto, strahlend der Georgier mit zwei Paketen unter dem Arm: Stoff und Kaviar. „Wie haben Sie das gemacht?" ist die erste Frage. Der Georgier darauf: „Schauen Sie, ich war in einem Geschäft und habe gesagt: ‚Ich möchte zehn Meter Stoff.'

‚Aber Genosse', haben sie geschrien, ‚zehn Meter Stoff, wo sollen wir das hernehmen? Wir haben schon so lange ...' Da hab ich gesagt: ‚Schauen Sie, ich kaufe zehn Meter Stoff. Mitnehmen werde ich aber nur fünf.' Und schon habe ich den Stoff gehabt. Dasselbe in einem Geschäft für Lebensmittel. Ich habe gesagt: ‚Ich brauche dringend fünf Kilo Kaviar. Ich werde fünf Kilo Kaviar bezahlen, aber nur drei Kilo mitnehmen.' Und schon war der Kaviar in meiner Tasche."

„Und beim Lenin-Mausoleum?" fragt staunend der Taxichauffeur. „Wie sind Sie dort hineingekommen? Dort braucht man doch manchmal vier Tage, wenn man sich anstellt." Wieder schmunzelt der Georgier. „Sie haben recht gehabt: Eine Delegation nach der anderen. Ich bin vorgegangen zu einem Posten, der dort gestanden ist mit aufgepflanztem Bajonett, hab ihm tief in die Augen geschaut, hab in die Tasche gegriffen, habe hundert Dollar herausgenommen, habe sie langsam vor den Augen des Postens vorbeigeführt: dann habe ich die hundert Dollar auf sein Seitengewehr draufgespießt, und da hat er mir mit den Augen gezwinkert und leise geflüstert: ‚Genosse, wollen Sie hineingehen oder soll ich ihn herausbringen ...?' "

EIN MIME AUS WIEN

Versuch über Fritz Muliar

Fritz Muliar ist auch als Darsteller komischer Rollen ein Mensch unserer Zeit. Er ist nach dem Zusammenbruch alter Ordnungen, 1919, geboren worden, er hat also auch das große europäische Morden 1933–45 miterlebt und ist folglich mit der Hellhörigkeit all jener geschlagen, die nicht umhin können, in der grimmigen Gefühlsarmut unserer Tage eine Vorstufe künftiger Grausamkeiten zu wittern. Fritz Muliar kann nicht sorglos und leichtfertig sein wie die Spaßmacher des 18. Jahrhunderts oder die Komiker der *belle époque.* Der rosafarbene Rausch venezianischer Pantomimen ist ihm genauso fremd wie die drollige und harmlose Fröhlichkeit der Operette. Fritz Muliar ist zudem, seinem Naturell nach, gewichtiger, handfester, geradliniger als die meisten Künstler seines Faches in früheren Zeiten gewesen sind, und auch von den Komikern der Gegenwart unterscheidet er sich durch die wuchtige, fast expressive Zielstrebigkeit seiner Darstellungen. Dennoch ist Fritz

Muliar mit den großen Clowns der Theatergeschichte geistig verwandt: durch die Richtung seiner Parteinahme, durch die unumwundene Eindeutigkeit seiner Meinungsäußerungen und durch seinen mannhaften Versuch, das Tragische zu sublimieren.

Er kommt aus jener für das Wesen der Stadt entscheidenden Schichte des Wiener Volkes, die Jahrhunderte hindurch die notwendige Statisterie der historischen Reichspolitik bilden durfte und allmählich die Rolle der Domestiken zu spielen lernte: mit einem eisernen Lebenswillen, wenngleich den Tränen nahe; nicht gar zu feurig im Fordern, aber zu listigen Winkelzügen in der Verfolgung noch so kleiner Interessen jederzeit bereit; dabei nicht eigentlich verschlagen, sondern lieber treuherzig und sogar ehrlich, obwohl man wenig Grund hatte, an die Belohnung der guten Tat zu glauben; resigniert also bis zur Todesverliebtheit und doch mit einer pfiffigen Vitalität gesegnet. Lebenserfahrungen der Armut machen mitunter hart. Wirtschaftskrise, Nazi-Zeit, Krieg waren nicht dazu geeignet, diese Haltung zu lösen, im Gegenteil: sie entwickelten weitere Abwehrkräfte, stärkten das moralische Recht des Überlebenden auf die Befriedigung seiner Bedürfnisse, ließen ihn vielfarbige Äußerungen der kämpferischen Lebenslust entfalten, kurz: Fritz Muliar, der Clown, mußte durch die Zwangsläufigkeit seiner Herkunft und durch die Konstellation seines Schicksals, auch vom bekennerischen Gefühl getragen, zur Wiener Sozialdemokratie stoßen.

In diesem politischen Rollenverständnis aber spiegelt sich die dramaturgische Position des Clowns im großen Welttheater überhaupt. Er vertritt als rituelle Figur die Armen, die Leidenden, die Gequälten; er verkörpert die chaotische Kraft einer jederzeit mit Rebellion drohenden „Unterwelt"; und er spielt vor einem Publikum, das in seiner überwiegenden Mehrheit nicht aus gefürsteten Millionären mit sonniger Wesensart besteht.

Auf diesen dritten Zusammenhang hat Goethe (zwar in bezug auf die französischen Gazetten, doch mit allgemeiner Gültigkeit) aufmerksam gemacht, indem er am 25. Februar 1824 zu Eckermann folgendes bemerkte: „Die Liberalen mögen reden, denn wenn sie vernünftig sind, hört man ihnen gerne zu; allein den Royalisten, in deren Händen die ausübende Gewalt ist, steht das Reden schlecht, sie müssen handeln. Mögen sie Truppen marschieren lassen und köpfen und hängen, das ist recht; allein in öffentlichen Blättern Meinungen bekämpfen und ihre Maßregeln rechtfertigen, das will ihnen nicht kleiden. Gäbe es ein Publikum von Königen, da möchten sie reden."

Der Clown vertritt nicht jene Kreise, „in deren Händen die ausübende Gewalt ist“, er befindet sich in andauernder Opposition, und zwar auch in jenen seltenen Fällen, in denen seine Gefährten „die ausübende Gewalt“ errungen haben. Denn er verkörpert den Teil unseres Wesens, der unterdrückt wird und sich, Erleichterung suchend, in einer Karikatur des Unglücks widerspiegelt. Zugleich ist er aber, als Bühnengestalt, der leibliche Teufel selbst: der Tölpel, der Bockfüßige, der Verkrüppelte, der Gezeichnete, der trotz seiner Schwächen – durch diese auf geheimnisvolle Weise noch gestärkt – das Unglück spielend, wie nebenbei, ja gradezu wie im Schlafe meistert. Die Schwächen aber, die dem Clown unerschöpfliche und ungeahnte Siegeschancen geben, sind gar keine Schwächen, sondern werden nur in einer Gesellschaft der Ratio und der Bewußtheit als Schwächen gewertet: sie sind die Ausdrucksformen des Ungezähmten, des Erdhaften, des Triebhaften und Chaotischen und erinnern den Menschen an die Gegenwart einer kulturhistorischen Epoche, die er sich angeeignet, auf diese Weise überwunden und längst hinter sich gelassen hat, die er aber im kollektiven Unterbewußtsein als eine unveräußerliche Last und Energiereserve weiterhin in sich trägt. Deshalb wird die stumme Pantomime des Clowns überall und von jedermann begriffen: er ist als Figur einer vergessenen Wirklichkeit in uns allen zugegen.

Fritz Muliar nun bleibt im Ausdruck seiner Meinungen ganz und gar ungezwungen, als Schauspieler ebenso wie als Autor. Die Eindeutigkeit seiner Stellungnahmen muß auf schwächliche Gemüter aufreizend wirken, sie werden von so viel Überzeugung in die Defensive gejagt, wo sie sich noch eine Weile damit beschäftigen müssen, ihren eigenen Mangel an Überzeugungen als ein Zeichen intellektueller Überlegenheit zu feiern – das heißt, Fritz Muliar kann aus denselben Gründen, die ihn als Vertreter des Wiener Volkes zur Symbolfigur gemacht haben, bei den modebewußten Snobs und affektierten Schöngeistern kaum Resonanz finden. Die Sublimierung und die Deutung von Naturgewalten kann die Sache der Kulturdandys nicht sein. Und da Muliars profunde Menschlichkeit auch im Sinne einer gekünstelten, gleichsam destillierten Humanismus-Dogmatik nicht mißbraucht werden kann, bleibt seine stämmige Gestalt auch vom Rankenwerk der ästhetischen Kommentare so gut wie unumwunden.

Fritz Muliar ist nicht der einzige bedeutende Komiker unserer Zeit, der gerade von den esoterisch ausgerichteten Feuilletonisten einer vor allem in sich selbst verliebten Journalistenclique nicht gebührend gewürdigt wird. Eine seltsame

Deformation der Meinungen und der Meinungsmache tritt hier zutage. Schreiber, die ihrer Leserschaft gegenüber verpflichtet wären, vom kulturellen Geschehen möglichst unvoreingenommen zu berichten, spielen ausgleichende Gerechtigkeit: Erfolg genügt, um die Gunst solcher feinfühliger Wesen zu verscherzen. Zweitens: Die Sache darf nur ja nicht komisch sein. Die schlichte Groteske wird in deutschsprachigen Ländern von manchen Meinungsmachern genauso verachtet als herrschten in den entsprechenden Redaktionen immer noch jene Studienräte etwa der Jahrhundertwende, die mit wallendem Bart, mit verkrampften, da vom Stehkragen beengten, Halsschlagadern, mit einem zu pantheistischem Mastgänserich hinabstilisierten Goethe im Herzen (oder was man dafür hielt) das Edle lobten, das Hehre und das Holde, das Geheimnis Weib und das Mysterium Nation. Das süddeutsch Gefärbte, das Österreichische läßt sich mit den an sich schlüssig erscheinenden, in Wirklichkeit jauchzend erdichteten Kategorien der nordisch-hegelianischen Professorenherrlichkeit nicht fassen, und außerdem betrachtet man uns von jenem Olymp der Kleinstädte ohnehin als putzige Figürchen am Rand des durch und durch nach Knoblauch riechenden Balkans. Franz Molnár hat einen anderen Aspekt dieses Tatbestandes in eine Frage gekleidet. „Ist Ihnen noch nicht aufgefallen“, fragte er eines Tages, „daß literarische Preise nur Leute bekommen, die die andern Leute traurig machen? Autoren, die die andern Leute lustig machen, bekommen keine Preise.“ Aber all dies nur nebenbei.

Der Weg Fritz Muliars führte vom Cabaret und von einer Stegreifbühne im Wiener Prater durch den Krieg über die großen Bühnen Wiens wie das Burgtheater und daneben zum TV. Sein Lebenslauf zeigt nicht nur seine Verbundenheit mit der Stadt seiner Geburt, sondern auch das Vertrauen eines Künstlers zum Prozeß des organischen Wachsens: überempfindliche Sprunghaftigkeit ist ihm genauso fremd wie jene berechnende Planung, die über Gastspiele und verschiedene Engagements eine in die Höhe führende Karriere als mathematische Aufgabe vorausplant. Doch war es Fritz Muliar nicht allzu schwer, in Wien zu verbleiben. Er hatte und hat in dieser Stadt den für die schauspielerische Existenz lebenswichtigen Erfolg. Auch seine Reisen durch Deutschland als führender Darsteller verschiedener Tournee-Unternehmungen oder seine häufigen Auftritte im deutschen Fernsehen zeigen ihn als einen Typus österreichischer, wienerischer Prägung. Er steht damit neben Helmut Qualtinger, Kurt Sowinetz und Josef Meinrad, die auf höchst individuelle Weise die verschiedenen Schattierungen und Facetten der einen einzigen Tragikomik verkörpern, im Zeichen des Nestroyschen Satzes: „Die edelste Nation ist die Resignation."

Daß es unter diesen vier Darstellern komischer Rollen zwei Autoren gibt – Muliar und Qualtinger –, ist für das Metier und die Protagonisten gleichermaßen bezeichnend. Der Spaßmacher, der Clown, aber auch die Buffofigur etwa der Operette: sie alle haben immer extemporiert; verbale Schlagfertigkeit gehörte zu ihrem Beruf; die wechselhaften Launen des Publikums und die Freude an der unberechenbar komischen Situation drängten sie ebenso zum Wort wie jene profunde Leidenschaft, die sie in ihrer Jugend dazu getrieben hatte, sich selbst als Satyr zu kostümieren und die Satire menschlicher Hinfälligkeit nicht nur in Schrift oder in Zeichnungen darzustellen (in Hervorbringungen also, die gemacht werden können und sich dann von ihren Hervorbringern loslösen), sondern zu verkörpern, in einem Kunstwerk, das mit der Zeitdauer des Schau-Spiels lebt und stirbt. Indem der Clown das menschliche Unglück und die Möglichkeit seiner Überwindung am eigenen Leib und durch die eigene psychische Existenz darzustellen vermag, erleidet er tatsächlich das Unglück und dessen Sublimierung im Humor. Indem er Leid und Genesung simuliert, muß er sich mit der Dramatik des Vorganges identifizieren. Kein Wunder, wenn es ihn drängt, aus der Rolle hinauszutreten und all die kleinen und großen Empfindungen des Daseins mit eigenen Worten zu artikulieren; er ist ja nur aus dem einen Grund Clown geworden, um dem Wortlosen und Formlosen zur Gestalt zu verhelfen und das Unausgesprochene in die heilsame Region des Bewußtseins zu heben. Daß dabei die winzigen Sorgen der Existenz neben den großen Fragen der Geschichte und der Politik stehen, versteht sich von selbst. Für den Clown ist das Leben des einzelnen die groteske Widerspiegelung der Geschichte, die den kleinen Mann als unberechenbare Übermacht beherrscht; die Geschichte selbst aber ist nichts anderes als die Summe all der kleinen Geschichten.

Deshalb und nicht nur aus Verbundenheit mit seinem Stiefvater und dessen Milieu hat Fritz Muliar eine gewisse Vorliebe für den jüdischen Witz entwickelt. Hier sind die welthistorischen Kräfte viel spürbarer zugegen als in irgendeiner scherzhaften Anekdote anderer Art: das Schicksal waltet bereits seit mindestens fünftausend Jahren, es ist unbarmherzig und im Zweifelsfall ungerecht, es zwingt den einzelnen zu allerlei Grübeleien und Machinationen, die sowieso nichts nützen, und so entwickelt sich in ihm als einzige mögliche Gegenkraft der Selbstverteidigung die Überzeugung, daß die ganze Weltgeschichte im höchsten Maße lächerlich sei: ihrer Absurdität ist außer dem Lachen nichts angemessen.

Und also erzählt Fritz Muliar auf dem Podium, im TV und von Schallplatten seine jüdischen Witze, und schlüpft in die Gestalt des braven Infanteristen Schwejk, der den großen Weltbrand nur überlebt, da er inmitten tobender Dummheit nicht vergißt, an dem einen oder andern Feuer sein Süppchen zu kochen. Er spielt Nestroysche Kapitalisten und amerikanische Taxichauffeure mit der gleichen Präzision, und sagt zwischendurch in Zeitungen und öffentlichen Diskussionen seine Meinungen zu den Fragen der Zeit. Diese Meinungen sind von einer erfrischenden Offenheit und scheuen auch vor wirklichem Gefühl, ja selbst vor einem scheuen humanistischen Idealismus nicht zurück – allerdings in Begleitung jenes achselzuckenden und eisern grinsenden Zweifelns, das die großen Dinge auf das wienerische Maß reduziert. Denn auch in Wien versucht dann und wann ein wirklicher, ernsthafter Clown von der Bedeutung Fritz Muliars das Tragische zu Humor zu sublimieren, aber der Wiener Clown weiß im vorhinein, daß sein Experiment zu keinem geglückten Ergebnis führen kann. Humor schafft das Tragische nicht aus der Welt. Dennoch fängt er immer wieder von vorne an: vielleicht gelingt es das nächste oder das übernächste Mal! Darin liegt die eigentliche Komik des wienerischen Clowns: er ist nicht nur Spaßmacher, nein er ist selbst das Opfer eines bitteren Witzes. Fritz Muliar erträgt und verkörpert diese Komik des Tragischen genauso wie sein Publikum in Wien und anderswo. Er ist Volksschauspieler nicht aus Lust am Spektakel, sondern weil ihm gar nichts anderes übrigbleibt, als einer zu sein.

György Sebestyén